CB014357

(Não) me leve a mal, hoje é Carnaval

(Não) me leve a mal, hoje é Carnaval

Organização e apresentações de
Elaine Christina Mota

1ª reimpressão

Esta obra foi revisada segundo o Novo Acordo Ortográfico da Língua Portuguesa, em vigor no Brasil desde 2009.

Direção editorial e revisão Melissa Velludo
Organização e apresentações Elaine Christina Mota
Capa e diagramação Alexandre Guidorizzi

Dados Internacionais de Catalogação na Publicação (CIP)
(Câmara Brasileira do Livro, SP, Brasil)

(Não) me leve a mal, hoje é carnaval /
organização Elaine Christina Mota. --
1. ed. -- Ribeirão Preto, SP : A Degustadora
de Histórias, 2024.

Vários autores.
152p.

ISBN 978-65-981894-2-6

1. Carnaval 2. Cartas - Coletâneas 3. Contos brasileiros - Coletâneas 4. Crônicas brasileiras - Coletâneas I. Mota, Elaine Christina.

24-193711 CDD-B869.8

Índices para catálogo sistemático:
1. Antologia : Literatura brasileira B869.8

Aline Graziele Benitez - Bibliotecária - CRB-1/3129

SELO DEGU
Degustadora Editora
E-mail: adegustadoradehistorias@adegustadora.com.br

Carnaval, carnaval, carnaval
Fico tão triste quando chega o carnaval

Luiz Melodia

ÍNDICE

Apresentação

Elaine Christina Mota

Não se pode negar que o Carnaval é um dos eventos mais esperados e comemorados pelo brasileiro e que sua importância e sua relevância extravasam o âmbito da diversão e do entretenimento. O Carnaval brasileiro é referência cultural e uma época de ações impulsivas que se transformam em posteriores reflexões na maioria das vezes – com ou sem arrependimento, dependendo da situação.

Quando começamos a escolher os textos que iriam compor esta pequena coletânea carnavalesca, deparamo-nos com vários temas que a maior festa popular brasileira permite existirem. Não foi um processo fácil escolher os que comporiam o livro até que decidimos nos enveredar pelo caminho da teoria bakhtiniana da Carnavalização como guia. Ironicamente, a teoria escolhida não deriva da ideia nossa de Carnaval, mas do período de festividades existentes na Idade Média e no Renascimento, baseados na Saturnália, que proporcionavam a ideia de um "mundo às avessas", porém não alheado, já que a inversão de papéis era esperada durante as festividades.

Na literatura, portanto, o Carnaval medieval e renascentista passa a ser a base de uma das teorias que Mikhail Bakhtin, teórico literário e filósofo russo, elaborou. Na Carnavalização, dentre outras caraterísticas, há a relativização do que ocorre durante esse período, pois é nessa época do ano que os papéis sociais podem ser invertidos sem repreensão ou crítica de qualquer sorte. Consequentemente, a cadeia social existente, de maneira suntuosa ou velada, pode ser transgredida naturalmente. Isso, na verdade, é esperado.

Durante o Carnaval, tanto o renascentista quanto o contemporâneo, há uma entrega aos prazeres do corpo e da alma, sem punições, subvertendo os valores morais e sociais sem preocupações. Decorre dessa entrega a suspensão da hierarquia social, que provoca a (falsa) sensação de liberdade e de abundância, em uma comunhão paradoxal e utópica da Igreja com o Estado. Obviamente, tal transgressão ocorre também, mas não principalmente, devido à simbologia das máscaras, que esconde a verdadeira identidade do transgressor, assim, protegendo-o de uma certa forma.

Com essa transgressão, vêm o sentimento de alteridade

praticado por quase todos e proferido por muitos durante o Carnaval e o riso derivado do grotesco corporal e daquilo que se refere a ele, principalmente, as atitudes e os gestos que reforçam a escatologia e a subversão moral. O riso que, em outra circunstância, seria amarelo e censurado, aqui se torna permitido e permissivo. O mundo às avessas toma conta do mundo real, tornando difuso aquilo que deveria ser claro, atenuando a linha entre o moral e o carnavalizado. Como podemos notar, o termo Carnavalização não é usado apenas em textos literários que têm como tempo o Carnaval, pois, a cada inversão de papéis e subversão de valores, ocorre o processo de Carnavalização. Entretanto, foi nossa opção escolher esse período de festividades para demonstrar como a teoria bakhtiniana pode nos envolver.

Pensando nisso, os contos, as crônicas, a carta e o poema presentes nesta coletânea remetem o leitor à ideia de que a carnavalização é um processo não apenas literário, mas vivido e vivenciado cotidianamente, no caso, no Brasil. O nosso Carnaval passa a ser pano de fundo para os momentos de reflexão trazidos por cada texto. Daí também vem o título *(Não) Me leve a mal, hoje é Carnaval*, inspirado em uma famosa marchinha e com um leve toque de provocação. Com os parênteses do título, nascem as reflexões: o que significa "não levar a mal apenas por ser Carnaval"? Será que "levar a mal" para quem está em uma das pontas da comemoração é a mesma coisa que "levar a mal" para quem está na outra? O Carnaval apaga toda e qualquer marca feita durante a sua comemoração? A você, que confiou em nossas escolhas, fica o questionamento.

A escolha proposital de textos literários não contemporâneos deve-se ao fato de que ainda há um longo e rochoso caminho a ser trilhado e que revisitar o passado pode ressignificar o futuro. No presente, cabem nossas escolhas que, anacronicamente, um dia, serão analisadas também. Os textos escolhidos são de autores canônicos e consagrados em nossa literatura. José de Alencar, Machado de Assis, João do Rio, Lima Barreto, Mário de Andrade e Alcântara Machado compõem nossa escolha para a leitura reflexiva duplamente carnavalesca. Antes dos textos de cada escritor, no entanto, você terá breves informações importantes, que ajudarão na percepção da crítica proposta pelas narrativas, pela carta ou pelo poema. Fica a seu critério lê-las ou ignorá-las.

Convém dizer que a estrutura do livro segue a ordem cronológica dos textos. Começando pelo conservador José de Alencar e terminando no cômico-não-cômico-assim Alcântara Machado, é possível entender melhor como alguns fatos infelizmente nos acompanham. Também é possível perceber o tom que a autoabsolvição biográfica de Mário de Andrade e a autoindulgência do narrador da crônica e da personagem do conto de João do Rio são apenas um espelho daquilo que somos e do que acreditamos ter como direito. As críticas sociais, marca registrada de Machado de Assis e, principalmente, de Lima Barreto, mostram os mais de cem anos que nos separam em tempo, mas que nos unem em história.

De mais a mais, tudo que lhe desejamos agora é uma boa leitura seguida de uma reflexão – perturbadora talvez, mas necessária.

Abraços literários,

Elaine Christina Mota

Mestra em Literatura Comparada
pela UNESP - Araraquara

José de Alencar

(1829-1877)

José Martiniano de Alencar foi advogado, jornalista, romancista, contista, cronista e dramaturgo. De 1860 até o ano de sua morte, também foi deputado federal pelo Partido Conservador, mas sem jamais renunciar à literatura. Chegou a ser aclamado por Machado de Assis como "chefe da literatura nacional". Um dos expoentes do Romantismo no Brasil, é considerado o maior autor indianista, sempre na tentativa de encontrar uma identidade para um país que passava por mudanças constantes. Com olhares anacrônicos, descobre-se que suas obras apenas rebaixaram a figura do indígena em detrimento da do homem branco.

Publicados no jornal *Correio Mercantil*, em 1855, e depois inseridas na coletânea de crônicas *Ao correr da pena*, lançada três anos antes de sua morte, os textos aqui presentes referem-se ao dias 14 de janeiro de 1855 (*XIX*) e 25 de fevereiro do mesmo ano (*XXI*). O primeiro deles descreve como um Carnaval deveria ser, total e idealmente europeu, sendo, portanto, atípico àquilo que o brasileiro estava acostumado a comemorar. A crítica do autor não se refere à permissividade e tampouco à subversão de papéis tão normalizada nesta época, mas à falta de elegância e ao excesso de alegria mundana do brasileiro.

O segundo texto relata o que realmente aconteceu durante os quatro dias de festa, transformando a ideia europeia em realidade profana brasileira. O campo semântico que envolve as duas crônicas colabora imensamente para a compreensão do leitor naquilo que concerne à mundanidade de um universo temporal carnavalizado, mostrando o avesso subversivo da moral e dos bons costumes.

Em ambos os textos, temos a crítica à carnavalização que ocorre no Brasil, mas não à europeia, mostrando que, para o narrador das crônicas – possivelmente, neste caso, um alter ego do autor – o problema estaria nos hábitos brasileiros, e não naquilo que o Carnaval representa.

***

XIX
José de Alencar

Rio, 14 de janeiro

As sociedades em comandita, eis a questão do dia. O abecedário inteiro tem saído a campo; e cada letra é um novo campeão que desce à liça do combate.

Todas as armas têm sido tomadas. A lógica, o estudo profundo do objeto, a dialética de uma argumentação vigorosa, ressaltam nos primeiros artigos, publicados no *Jornal do Comércio* e assinados por duas iniciais, que, como todos sabem, denunciam uma das nossas capacidades, um dos espíritos mais bem organizados em matéria de jurisprudência.

Abrangendo a questão num ponto de vista largo e profundo, aqueles artigos desenvolveram a questão comanditária desde a sua verdadeira base até as últimas consequências do decreto de 13 de dezembro de 1850.

Há poucos dias um dos advogados mais distintos do nosso foro nos dizia, a respeito destes artigos, que poderiam ter sido escritos por ele: Não é um artigo de jornal, é um tratado.

No Correio Mercantil a questão tomou outra face; mas foi habilmente tratada. A pena que defendeu o ano passado o projeto de reforma judiciária, que se discutia na câmara, veio de novo à imprensa para sustentar o decreto do governo, com os conhecimentos, com o estilo claro e fluente de que já havia dado provas.

Infelizmente, porém a questão não se manteve na altura a que a tinham elevado os dois ilustres membros da magistratura e da classe dos advogados. Insinuações pessoais, alusões injustas e deslocadas, vieram tomar o lugar de argumentos, e responder àquilo que o direito, a justiça e os princípios de razão haviam estabelecido no desenvolvimento da questão.

Por ora a discussão tem sido unicamente entre as consoantes; as vogais conservam-se neutras, e esperam talvez o resultado da luta para emitirem, com verdadeiro conhecimento de causa, uma opinião consciencioso.

Se os espíritos graves se preocupam com esta questão interessante, com as últimas notícias do Oriente, e com o resultado provável da nossa Guerra do Paraguai, os outros pensam no carnaval, que o seu cortejo de folias e extravagâncias.

O carnaval!... Enquanto ele está longe, enquanto ele não vem transtornar o juízo com os seus momos grotescos e suas voluptuosas bacantes, aproveitemos a ocasião, e falemos sério a seu respeito.

Creio que são inteiramente infundados alguns receios que há de vermos reviver ainda este ano o jogo grosseiro e indecente de entrudo, que por muito tempo fez as delícias de certa gente. Além das boas disposições do público desta corte, devemos contar que a polícia desenvolverá toda a vigilância e atividade.

Depois que o Sr. Desembargador Siqueira, entre tantos outros benefícios que nos fez, conseguiu extinguir esse antigo costume português, a polícia carrega com uma responsabilidade muito maior do que nos anos anteriores. Outrora era um uso arraigado com o tempo, e por conseguinte difícil de extirpar; hoje seria um abuso, que só a negligência poderia deixar que se renovasse.

Muitas coisas se preparam ente ano para os três dias de carnaval. Uma sociedade criada o ano passado, e que conta já perto de oitenta sócios, todos pessoas de boa companhia, deve fazer no domingo a sua *grande promenade* pelas ruas da cidade.

A riqueza e luxo dos trajes, uma banda de música, as flores, o aspecto original desses grupos alegres, hão de tornar interessante esse passeio dos máscaras, o primeiro que se realizará nesta corte com toda a ordem e regularidade.

Quando se concluir a obra da Rua do Cano, poderemos então imitar, ainda mesmo de longe, as belas tardes do *Corso* em Roma.

Entretanto a sociedade teve já este ano uma boa lembrança. Na tarde de segunda-feira, em vez do passeio pelas ruas da cidade, os máscaras se reunirão no Passeio Público, e aí passarão a tarde, como se passa uma tarde de carnaval na Itália, distribuindo flores, confete, e intrigando os conhecidos e amigos.

Naturalmente, logo que a autoridade competente souber disto, ordenará que a banda de música que costuma tocar ao domingo guarde-se para a segunda, e que em vez de uma, sejam duas ou três.

Confesso que esta ideia me sorri. Uma espécie de baile mascarado, às últimas horas do dia, à fresca da tarde, num belo e vasto terraço, com todo o desafogo, deve ser encantador.

O que resta é que as nossas patrícias, todas mimosas e aristocráticas como são, não se deixam levar de velhos prejuízos, e continuem a temer a simples vista de uma máscara como de uma coisa perigosa.

Todos os membros da sociedade são pessoas delicadas e do mais fino trato; e por conseguinte podem ter certeza que quaisquer palavras, qualquer galantaria, não serão capazes de ofender nem sequer uma suscetibilidade.

Assim, pois, cessem estes escrúpulos. Quando vos oferecem com tanta amabilidade uma bela ocasião de gozar de algumas horas de prazer, não está bem da vossa parte uma recusa e um completo desdém. Ao contrário, mostrai que lhe dais algum apreço, porque isto nos animará a fazer uma outra coisa que ainda está em muito segredo, mas que eu vos conto em *confidenza*, com a condição de que ficará entre nós unicamente.

Lembram-se alguns amigos, a conversar a respeito do carnaval, que era possível dar-se um baile de máscaras no qual vós pudésseis tomar parte, e não ser simples espectadores, como nos teatros.

Querem ver que já estais a fazer algum muxoxo de desdém, e a pensar que todos os anos se fala nisto e que nunca se chega a efetuar. Paciência! Tanto se há de falar que um dia a coisa se há de realizar. Mais vale tarde do que nunca.

Entretanto suponde que a diretoria do Cassino toma a peito esta ideia, e que com os mesmos sócios do Cassino, e com algumas outras pessoas aprovadas por ela, forma uma nova sociedade filial para dar todos os anos um baile mascarado, começando por este carnaval.

Feito isto, ainda duvidareis do bom êxito da nossa lembrança? Estou certo que não. Vós conheceis os diretores do Cassino, e vos lembrais dos bailes magníficos que nos tem dado o seu amável presidente. Assim, pois, a dificuldade está em convencê-lo. Pedi-lhe; e não se me dá de apostar que é coisa feita.

Como já deveis estar aborrecida da prosa chã e rasteira deste artigo, dou-vos uns lindos versinhos que li num álbum um destes dias. Se os quereis achar ainda mais bonitos do que eles realmente são, suponde que vos foram dedicados.

***

XXI
José de Alencar

Rio, 25 de fevereiro.

Foi-se o carnaval. Passou como um turbilhão, como sabá de feiticeiras, ou como um golpe infernal.

Nesses três dias de frenesi e delírio a razão fugiu espavorida, e a loucura, qual novo *Masaniello*, empunhou o cetro da realeza.

Ninguém escapou ao prestígio fascinador desse demônio irresistível: cabeças louras, grisalhas, encanecidas, tudo cedeu à tentação.

Entre as amplas dobras do dominó se disfarçava tanto o corpinho gentil de uma moça, travessa, como o porte grave de algum velho titular, que o espírito remoçava.

Dizem até que a política — essa dama sisuda e pretensiosa – se envolveu um momento nas intrigas do carnaval, e descreveu no salão uma parábola que ninguém talvez percebeu.

Deixemos, porém, dormir no fundo do nosso tinteiro esses altos mistérios que se escapam à pena do folhetinista. Já não estamos no carnaval, tempo de livre pensamento — tempo em que se pode tudo dizer — em que é de bom gosto intrigar os amigos e as pessoas que se estimam.

Agora que as máscaras caíram, que desapareceu o disfarce, os amigos se encontram, trocam um afetuoso aperto de mão e riem-se dos dissabores que causaram mutuamente uns aos outros.

O nosso colega do Jornal do Comércio, que se disfarçou com três iniciais que lhe não pertenciam, compreende bem essas imunidades do carnaval.

Hoje, que o reconhecemos, não é preciso explicações:

ele tem razões de sobra para acreditar que sinceramente estimamos o seu valioso auxílio na realização de uma ideia de grande utilidade para o país.

Nunca desejamos o monopólio; ao contrário, teríamos motivos de nos felicitar, se víssemos geralmente adotada pela imprensa do nosso país uma tentativa, um ensaio de publicação, cuja falta era por todos sentida.

Quando deixamos cair do bico da pena um ligeiro remoque à publicação do colega, não era que temêssemos uma imitação; não era porque receássemos uma emulação proveitosa entre os dois mais importantes órgãos da imprensa da corte.

Esta luta, mantida com toda a lisura e toda lealdade, nós a desejamos em bem do pais, embora nos faltem os recursos para sustenta-la com vantagem. É dela, é do calor da discussão, do choque das ideias, que têm nascido e que hão de nascer todos os progressos do jornalismo brasileiro.

O que nós receávamos era a reprodução de uma dessas lutas mesquinhas, indignas de nós ambos, e das quais a história da nossa imprensa apresenta tão tristes exemplos. Era um desses manejos impróprios de jornalistas, e aos quais o mecanismo complicado da nossa administração tanto favorece. Era enfim uma representação dessa ridícula farsa de publicidade tão em voga nas nossas secretarias, nas quais se dão por favor as cópias dos atos oficiais ao jornal que quer fazer um favor publicando-as.

Temíamos uma luta desta natureza, porque não estamos ainda afeitos à chicana; porque, do momento em que ela se tornasse necessária, seríamos forçados a abandonar uma ideia, pela qual trabalhamos com todo o amor que nos inspira a nossa profissão.

É tempo, porém, de voltarmos ao carnaval, que preocupou os espíritos durante toda a semana, e deu matéria larga às conversas dos últimos dias.

Entre todos os festejos que tiveram lugar este ano cabe o primeiro lugar à sociedade C*ongresso das Sumidades Carnavalescas*, que desempenhou perfeitamente o seu programa, e excedeu mesmo a expectativa geral.

No domingo fez esta sociedade o seu projetado passeio pelas ruas da cidade com a melhor ordem; foi geralmente recebida, nos lugares por onde passou, com flores e buquês lançados pelas mãozinhas mimosas das nossas patrícias, que se debruçavam graciosamente nas janelas para descobrirem entre a máscara um rosto conhecido, ou para ouvirem algum dito espirituoso atirado de passagem.

Todos os máscaras trajavam com riqueza e elegância. Alguns excitavam a atenção pela originalidade do costume; outros pela graça e pelo bom gosto do vestuário.

Nostradamus — uma das mais felizes ideias deste carnaval — com o seu longo telescópio examinava as estrelas, mas eram estrelas da terra. Um *Merveilleux* dandinava-se na sua carruagem, repetindo a cada momento o seu *c'est admirable!* quando a coisa mais incrível deste mundo é a existência de um semelhante tipo da revolução francesa.

Luis XIII, livre do Cardeal de Richelieu, tinha ao lado uma *Bayadère*, e parecia não dar fé do seu rival *Lord Buckingham*, que o seguia a cavalo no meio de um bando de cavaleiros ricamente vestidos.

Esquecia-me dizer que ao lado do *Merveilleux* ia um *Titi* de marinha, que atirava concetti em vez de *confetti*. Era o mais fácil de conhecer, porque a máscara dizia o que ele seria se as moças que o olhavam fossem cordeirinhos.

Em uma das carruagens iam de companhia *Temistovles, Soulouque, Benevenuto Cellini, Gonzalo Gonzáles*, quatro personagens que nunca pensaram se encontrar neste mundo, e fazerem tão boa amizade.

Se fosse possível que Temístocles e Benevenuto Cellini passassem esta tarde por uma das ruas por onde seguiu o préstito, estou persuadido que o artista florentino criaria uma nova Hebe mais linda que a da Canova; e que o general antigo rasgaria da história a página brilhante da batalha de Salamina por um só desses sorrisos fugitivos que brincam um momento numa boquinha mimosa que eu vi, e que apenas roçam os lábios como um sopro da aragem quando afaga o seio de uma rosa que se desfolha.

Quanto a *Van Dick* — que seguia-se logo após — este quebraria o seu pincel de mestre, desesperado por não achar na sua paleta essas cores suaves e acetinadas, essas linhas puras, esses toques sublimes que o gênio compreende, mas que não pode imitar.

Eram tantos os máscaras e os trajes ricos que se apresentaram, que me é impossível lembrar de todos; talvez que aqueles que agora esqueço sejam os mais geralmente lembrados; e, portanto, está feita a compensação.

Como foi este o primeiro ensaio da sociedade, de propósito evitamos fazer antes algumas observações a respeito do seu programa, com receio de ocasionar, ainda que involuntariamente, dificuldades e embaraços à realização de suas ideias. Hoje, porém, essas reflexões são necessárias, a fim que não se deem para o futuro os inconvenientes que houve este ano.

O entrudo está completamente extinto; e o gosto pelos passeios de máscaras tomou este ano um grande desenvolvimento. Além do Congresso, muitos outros grupos interessantes percorreram diversas ruas, e reuniram-se no Passeio Público, que durante os três dias esteve literalmente apinhado.

Entretanto, como os grupos seguiam diversas direções, não foi possível gozar-se bem do divertimento; não se sabia mesmo qual seria o lugar, as ruas, donde melhor se poderia apreciá-lo.

A fim de evitar esse dissabor, a polícia deve no ano seguinte designar com antecipação o círculo que podem percorrer os máscaras, escolhendo de preferência as ruas mais largas e espaçosas, e fazendo-as preparar convenientemente para facilidade do trânsito.

Desta maneira toda a população concorrerá para aqueles pontos determinados: as famílias procurarão as casas do seu conhecimento: os leões arruarão pelos passeios; e o divertimento, concentrando-se, tomará mais calor e animação.

Tomem-se estas medidas, preparem-se as ruas com todo esmero, e não me admirarei nada se no carnaval seguinte aparecerem pelas janelas e sacadas grupos de moças disfarçadas, intrigando também por sua vez os máscaras que passarem, e que ficarão desapontados não podendo conhecer através de um *loup* preto o rostinho que os obrigou a todas estas loucuras.

Se o Sr. Desembargador chefe de polícia entender que deve tomar essas providências, achamos conveniente que trate quanto antes de publicar um regulamento neste sentido, designando as ruas por onde podem circular os máscaras, e estabelecendo as medidas necessárias para a boa ordem e para a manutenção da tranquilidade pública.

Estas últimas medidas são fáceis de prescrever, quando se tem um povo sossegado e pacífico, respeitador das leis e da autoridade, como é o desta corte. Nestes três dias que passaram, o divertimento e a animação foi geral; e entretanto numa população de mais de trezentas mil almas não tivemos um só desastre a lamentar. Exemplos como estes são bem raros, e fazem honra à população desta cidade.

Na terça-feira sobretudo houve no Passeio Público uma concorrência extraordinária. Grande parte das Sumidades

Carnavalescas aí se achava; e a curiosidade pública não se cansava de vê-los, a eles e a muitos outros máscaras que também tinham concorrido ao *rendez-vous* geral deste dia.

Às oito horas da noite o Teatro de São Pedro abriu os seus salões, nos quais por volta de meia-noite passeavam, saltavam, gritavam ou conversavam perto de cinco mil pessoas; era um pandemônio, uma coisa sobrenatural, uma alucinação fantástica, no meio da qual se viam passar figuras de todas as cores, de todos os feitios e de todos os tamanhos.

Muitas vezes julgareis estar nos jardins do profeta, vendo brilhar entre a máscara os olhos negros de uma huri, ou sentindo o perfume delicioso que se exalava de um corpinho de lutin que fugia ligeiramente.

Foi numa dessas vezes que, ao voltar-me, esbarrei face a face com *Lorde Raglan*, que acabava de chegar da Criméia e que deu-me algumas balas, não das que costuma dar aos russos; eram de estalo. Conversamos muito tempo; e o nobre deixou-me para voltar de novo à Criméia, onde naturalmente não deram pela sua escapula.

À meia-noite em ponto serviu-se no salão da quarta ordem uma bela ceia, que o Congresso ofereceu aos seus convidados e sócios. A mesa estava brilhantemente preparada; e no meio das luzes, das flores, das moças que a cercavam, e dos elegantes trajes de fantasia dos sócios, apresentava um aspecto magnífico, um quadro fascinador.

Bem queria vos dizer todas as loucuras deste último baile até as derradeiras arcadas do galope infernal; mas na quarta-feira de cinzas esqueci tudo, como manda a religião. Por isso ficais privados de muita crônica interessante, de muito segredo que soube naquela noite, mas que já não me lembro.

***

Machado de Assis
(1839-1908)

Joaquim Maria Machado de Assis dispensa maiores apresentações. Considerado por muitos teóricos brasileiros e estrangeiros o maior escritor brasileiro de todos os tempos, Machado de Assis foi o fundador e o primeiro presidente da Academia Brasileira de Letras a ser eleito por unanimidade. Negro, pobre, epilético e órfão de mãe aos 10 anos, Machado escapou do destino trágico que o esperava graças à literatura e ao seu esforço descomunal em aproveitar as oportunidades que lhes eram oferecidas. Dono da ironia fina, reconhecida como ironia machadiana, seus textos trazem sua marca e jamais deixam de trazer uma crítica junto a eles.

Em "Um dia de entrudo", publicado pela primeira vez no *Jornal das Famílias*, é primeiro necessário entender que o conto escrito em 1874 retrata detalhadamente algo que havia sido proibido em 1841: o entrudo, uma prática carnavalesca, realizada principalmente pela população que ocupava as ruas para jogar água, farinha, polvilho, limões de cheiro e outros líquidos nos transeuntes sem sorte, que eram atingidos repentina e impiedosamente, sem chance de defesa. Por se considerar ofendida, a elite brasileira se opunha a tais atos, tendo conseguido sua proibição formal, mas sem muito sucesso no cotidiano até meados da segunda metade do século XIX.

Nesse conto, nota-se que a recusa da população em cumprir uma lei é a própria Carnavalização em si, pois não havia punições àqueles que as descumpriam. No conto, mais uma vez guiado por toda a ironia machadiana, a Carnavalização está presente do início ao fim, principalmente, no âmbito pessoal e familiar. As críticas sutis à sociedade são construídas nas entrecenas, com diálogos e ações que aparentam normalidade, mas que trazem a reflexão dicotômica "aparência x essência", mostrando os prenúncios do Realismo brasileiro.

Já *Bons dias*, a reunião de suas crônicas escritas para a *Gazeta de Notícias*, entre 1888 e 1889, é uma prova de que, por meio de sua ironia e da acidez de suas escritas, as críticas são tecidas firmemente. Na crônica escolhida, o narrador, que não é o autor, constrói seu texto em torno da falta de dinheiro para comprar uma fantasia para comemorar o Carnaval. A inversão de papéis, ou seja, a Carnavalização é parte do objeto de crítica neste caso, pois o narrador expõe os argumentos de que ele nem poderá aproveitar os quatro dias de festa, não se igualando, portanto, aos ricos da cidade. A sutileza irônica que o narrador usa, permeada pelo humor machadiano, pode até confundir o leitor. A crítica em relação às desigualdades sociais que existiam no período de transição entre Brasil Império e República do Brasil pode passar despercebida se a leitura não for atenta, pois a impossibilidade da Carnavalização, que é algo esperado, traz uma denúncia social.

***

Um dia de entrudo

Machado de Assis

Era no tempo em que ao *carnaval* se chamava *entrudo*, o tempo em que em vez das máscaras brilhavam os limões de cheiro, as caçarolas d'água, os banhos, e várias graças que foram substituídas por outras, não sei se melhores se piores.

Dois dias antes de chegar o entrudo já a família de D. Angélica Sanches estava entregue aos profundos trabalhos de fabricar limões de cheiro. Era de ver como as moças, as mucamas, os rapazes e os moleques, sentados à volta de uma grande mesa compunham as laranjas e limões que deviam no domingo próximo molhar o paciente transeunte ou confiado amigo da casa.

D. Angélica tinha nessa época seus cinquenta e nove anos. Nascera mais ou menos no tempo da conjuração de Tiradentes. Criada por um lavrador de Minas, D. Angélica adquiriu certos princípios liberais, mas perdeu-os em 1808, quando veio ao Rio de Janeiro e assistiu à entrada da corte real. Ainda que esta mudança nos princípios políticos de D. Angélica foi resultado de uma paixão por um arqueiro ou quer que seja da guarda real, D. Angélica pertencia, fisicamente falando, a essa classe de mulheres, capazes de matar um porco de uma cajadada. Além de possuir um par de espáduas atléticas, tinha um gênio de arremeter contra qualquer obstáculo e vencê-lo. Parece que o namorado desdenhava as mulheres alfenins, as criaturas quebradiças e moles. Gostava de uma robustez que indicava saúde e disposição para trabalhar. Angélica resumia tudo isso. Amaram-se e no fim de algum tempo celebrou-se o casamento, com aplauso de amigos e conhecidos. Pouco importa saber que fim levou o Sr. Tomás Sanches no tempo em que se passam as cenas que vou relatar. Basta saber que morreu quando de todo se lhe extinguiu a vida, coisa que provavelmente não lhe aconteceu sem perder a saúde. Demais, não é bom falar do finado Tomás Sanches ao pé de D. Angélica; a pobre senhora ainda hoje o chora. Mas não lhe falem de homem que mereça o respeito, o amor e a consideração, porque D. Angélica cita logo um caso do marido, que entre parênteses, enriqueceu em pouco tempo.

Não ficou estéril a aliança de Sanches e Angélica. Cinco foram os frutos de tão abençoada união, dois do sexo masculino e três do sexo feminino.

Carlos e Benjamim se chamaram os rapazes; as raparigas receberam os nomes de Teresa, Ermelinda e Joana. Os sinais particulares desta prole eram os seguintes: Joana tinha o nariz muito comprido, Ermelinda era muita pequena, Teresa era alta e cheia. Quanto aos rapazes, a única diferença entre Carlos e Benjamim era que o primeiro ria à cara do segundo regularmente uma vez por semana, sem que o outro tirasse nunca desforra de semelhante afronta.

Ultimamente a afronta tinha sido tal que Benjamim achou prudente deixar de falar ao irmão. Havia já cinco dias que reinava entre ambos essa interrupção de relações diplomáticas, quando a festa do entrudo veio reconciliar tudo. No momento em que tomamos conhecimento com a família Sanches estão eles em boa harmonia despejando cera dentro das formas de limões ou enchendo os que já estão prontos com água de cheiro.

Fora injustificável esquecimento deixar de mencionar entre os fabricantes de limões o jovem Batista, rapaz alegre e magro, dono de um armarinho na mesma rua em que moravam os Sanches, amigo de moças e até, dizem, namorado de Teresa. Citarei do mesmo modo uma prima de D. Angélica (42 anos) e uma sobrinha da dita (26), sendo que esta (D. Lucinda) era filha daquela (D. Maria).

Vinham para a mesa as caçarolas cheias de cera derretida, e todos aqueles operários mergulhavam nelas os limões e as laranjas, ou despejavam cera dentro de formas de pau.

— Olhe, prima; este saiu bem bom, diz Lucinda.

— Já viu os meus? pergunta Teresa.

— Quantos tem você?

— Doze.

— Eu tenho nove.

— Eu cá já fiz vinte e quatro, exclama Carlos. O Benjamim só fez cinco.

— Mas é que eu não sei o que tem a minha forma, redargue o pobre Benjamim envergonhado.

— És um desastrado! não passas disto!

— Carlos! que é isso? Eu não quero bulha.

Estas palavras foram ditas por D. Angélica que nesse momento, tendo vindo de dentro com a prima D. Maria, contava-lhe não sei que história de legumes e escravos.

— Tia Maria hoje não tem feito nada, exclamam as raparigas Sanches.

— Pois já não fiz dois limões?

— Dois só! está bem aviada!

— Está bom, raparigas, deem cá uma forma, não quero parecer que sou vadia.

D. Maria sentou-se e fez vagarosamente alguns limões. Houve algum tempo de silêncio, só interrompido pelo andar das escravas, a campainha da cancela da escada, o som do nariz do Batista que estava endefluxado, e nada mais.

D. Angélica, que andava de um lado para outro, aproximou-se da mesa e disse:

— Bem, acabem com isso por enquanto, que é preciso pôr a mesa.

— Já, mamãe! exclamaram as filhas.

— Pois então? são duas horas e meia.

Carlos aprovou *in-petto* a ideia de pôr a mesa, e D. Maria, que costumava jantar à uma hora, achou a resolução de D. Angélica acertadíssima.

— Tem razão, prima, se deixarmos estas meninas aqui, são capazes de ficar até amanhã.

— Não é conveniente, disse Batista com uma voz entrecortada pelas urgências do defluxo, não é conveniente interromper o trabalho enquanto há cera liquida. A cera é um produto que...

— Que não dá de jantar! interrompeu brutalmente Carlos pondo a forma de lado e levantando-se da mesa.

As moças insistiram e ficaram ainda um quarto de hora fazendo limões. Benjamim queria levantar-se também, mas um olhar de Lucinda o deteve e desde já qualquer leitor, ainda que não seja mais perspicaz que um chapéu, terá compreendido que os dois jovens se amavam.

A saída de Carlos agradou geralmente à sociedade, o filho mais velho de D. Angélica era um verdadeiro perturbador de festas. Ausente, reinou mais tranqüilidade; Batista pôde olhar mais vezes para Teresa, e Benjamim piscar mais livremente os olhos a Lucinda. Se Carlos estivesse presente, não hesitaria em dizer:

— Temos namoro! não?... Que é isso, Sr. Batista?... Olá prima, então?...

— Dizia eu que em 7 de Abril...

E outras frases como estas reduziam as faces dos culpados a verdadeiras inflamações de vergonha.

Batista sentiu-se até mais livre da voz, e proferiu a propósito do entrudo dois ou três axiomas, um dos quais declarou tê-lo ouvido de um padre, que era o homem mais sensato que conhecera.

— Sensato era o meu Tomás, acudiu D. Angélica; que juízo tinha ele! que cabeça de homem! Deus lhe fale n'alma.

Contarei o seguinte caso. No tempo do 7 de Abril...

Nesse instante entrou na sala o esfomeado Carlos e vendo iminente uma história que provavelmente já conhecia, exclamou:

— Oh! mamãe? não se janta hoje?

— Eu sei, respondeu D. Angélica, estas meninas ainda aqui estão.

— Pois acabem com isso...

Carlos atirou-se à mesa e tal bulha fez que impediu o trabalho e a anedota. D. Angélica adiou a prova do bom juízo do finado Tomás Sanches, as moças deixaram a mesa, e a mucama veio pôr a mesa do jantar.

Aproveitando o intervalo, pois aceitara o oferecimento de D. Angélica para jantar, foi Batista alguns instantes ao armarinho para saber se havia novidade. Teresa foi logo à janela e trocou um sorriso com o namorado.

D. Maria sentou-se com Ermelinda a um canto para indagar se alguma coisa havia entre Teresa e Batista.

— Eu creio que há alguma coisa. Tu não sabes nada?

Ermelinda respondeu:

— Eu nada, titia.

— Mas é impossível que não haja, e se é exato falarei disto a tua mãe.

— Por quê? perguntou Ermelinda sobressaltada.

— Não convém que tua irmã se case com um dono de armarinho... um *pax vobis*, uma posição inferior.

Ermelinda calou-se prometendo a si mesma ir contar tudo à irmã.

Carlos passeava pela sala de jantar, atirando de quando em quando bolas de papel ao irmão, que, por prudência, fingia estar contando as tábuas do assoalho.

Joana contava a Lucinda um namoro que tivera com um

rapaz da rua do Piolho, enquanto a prima lançava de quando em quando um olhar a Benjamim.

— Muito custa a vir este jantar. Parece que nunca mais se acaba de pôr esta mesa. Tia Maria, já há de estar com uma fome!

Carlos dizia estas palavras tirando da mesa um pedaço de pão e mastigando para enganar o estômago.

— Não te pareça! disse D. Maria, por certo que estou com fome...

Finalmente ficou o jantar na mesa.

— Bem, vamos entrar em serviço.

— Não, senhor! disse D. Angélica, esperemos o Batistinha.

— Onde foi ele?

— Foi à casa.

— Esta agora! Havemos de estar em casa à espera de um estranho! e logo quem!

— Carlos! exclamou a mãe, tu hás de ser sempre um...

D. Angélica mastigou o epíteto. Carlos pondo as mãos nos bolsos da calça entrou a passear como um homem chegado ao último grau do desespero.

— Estou capaz de ir jantar a uma casa de pasto.

— Pois vai!

Nesse momento ouviram-se passos na escada.

— Graças! disse Carlos. Chega o desejado.

Não era o desejado. Era o Sr. Tibúrcio Mendes, negociante de negros novos, homem taludo e bojudo, vermelho e asseado.

— Dá licença, D. Angélica? disse ele parando na escada.

— Entre, Sr. Tibúrcio. Bons olhos o vejam.

Na entrada o Sr. Tibúrcio foi cumprimentando rasgadamente a companhia.

— Faltava este cágado! disse entre si Carlos.

E já ruminava seriamente o projeto, anteriormente indicado, de ir jantar à casa de pasto, quando apareceu o dono do armarinho. Batista explicou a demora dizendo que a causa fora uma altercação com um sujeito a propósito de agulhas n. 5, coisa que não interessava absolutamente a ninguém, mas que todos ouviram com paciência cristã.

O jantar nada ofereceu de notável; os dois namoros continuaram como antes, isto é, dirigidos sempre com a máxima precaução por causa do grande desmancha-prazeres da casa. A única coisa que causou certa estranheza a Batista, que pela primeira vez se encontrava com Tibúrcio, foi a voracidade que este sujeito desenvolveu, a ponto de o deixar sem assado nem arroz.

Foi por ocasião do jantar que Tibúrcio declarou que fazia anos na terça-feira do entrudo, e, como fosse solteiro, D. Angélica convidou-o a festejar o dia jantando lá em casa. Tibúrcio não viu um olhar trocado entre Carlos e as irmãs. Prometeu que viria jantar.

Toda a tarde, manhã e a tarde do dia seguinte foram consagradas ao fabrico dos limões de cheiro, Tibúrcio assistiu até à noite ao trabalho das moças e dos rapazes. Como ele era amigo de conversar com mulheres, dificilmente se despregou da sala de trabalho. Foi muito contra a vontade que cedeu ao convite de D. Angélica que tinha a mania de jogar o solo. D. Maria também jogava e aceitou o convite. A mesa foi posta ao pé da mesa dos limões de cheiro.

Jogava-se o solo a grãos de milho, que é para os jogadores de profissão, o mesmo que, para os bêbados, beber água simples.

— Mas eu peço licença, disse Tibúrcio, para retirar-me as nove horas.

— É a hora em que tomamos chá, respondeu D. Angélica dando as cartas.

Passaram todos naquela mão. Como todos conversavam, o diálogo apresentava alguma curiosidade.

— Bolo?

— Pode vir!

— Dá cá cera!

— Dê-me o ás de paus.

— Onde está a fôrma?

— É furado?

— É seguro.

— Mano, não me quebre o limão.

— Corto.

— Olha, Lucinda, que bonito limão saiu este!...

— Rei...

— Água de cheiro?

— Valete...

— Não me pise os pés, Sr. Batista.

— É dama... Paguem!

— Dá cá o tabuleiro. Quem dá cartas?

— Pois eu cuidei que o solo estivesse furado, dizia Tibúrcio no fim deste diálogo. Os ouros estavam com a Sra. D. Maria, e se não se descarta do valete, bem podia ser que eu o encontrasse em quarto, e estava perdido.

— A prima jogou mal, dizia D. Angélica. Devia esperá-lo nos outros.

— Eu esperava nas copas.

— As copas estavam seguras.

Às nove horas terminou o jogo, serviu-se o chá, saiu Tibúrcio, e todos foram dormir.

Amanheceu o dia de domingo com um belíssimo sol; era um verdadeiro dia de entrudo. Desde manhã puseram-se os tabuleiros em ordem para a batalha. Carlos e Benjamim preparavam as caldeiradas dágua e duas panelas que mandaram para a cocheira. Nessa ocasião houve uma pequena altercação entre os dois irmãos; Carlos acabou puxando as orelhas a Benjamim, o qual, por dizer alguma coisa, disse que lhe daria uma facada, o que lhe valeu outro puxão de orelhas do irmão.

Triste inspiração foi a de Batista que marcou esse dia para pedir a mão de D. Teresa. A moça entendia que se devia aproveitar um dia alegre para achar D. Angélica de bom humor, verdadeiro engano porque D. Angélica, conquanto não jogasse o entrudo, achava prazer em ver brincar as raparigas e não prestava grande atenção a outras coisas.

O dia começou bem; alguns sujeitos que passavam foram alvo de meia dúzia de limões de cheiro que os deixaram um tanto úmidos; e mais nada.

Jantou-se mais cedo.

Às três horas e meia estavam as moças vestidas e prontas à janela; a sala estava cheia de tabuleiros com limões de cheiro.

Os rapazes ausentaram-se.

Correu assim uma hora sem incidente notável. Constante fogo de água trazia a rua agitada. Os gamenhos, munidos de limões iam atirando às senhoras que estavam às janelas, e estas correspondiam ao ataque com um vigor nunca visto.

Havia em casa de D. Angélica cerca de 1.200 limões; imaginem se o combate podia fraquear.

Ao cabo duma hora de combate, desapareceu Lucinda pelo interior da casa. D. Maria e D. Angélica que estavam assentadas na sala conversavam sobre os sucessos da sua mocidade. De quando em quando algum limão ia bater numa e noutra, o que as fazia rir.

D. Maria quis ir ao interior da casa e saiu por alguns instantes. Daí a pouco voltou espavorida.

— Jesus! Acuda-me prima Angélica! Credo! Vingança!

Surpresa geral. As moças voltaram-se para dentro e os rapazes vendo aquela muralha de costas fizeram uma descarga em regra.

— Que é? perguntou D. Angélica espantada. Será o canhoto?

— Qual, canhoto! quero vingança! que desaforo!

— Mas que é?

D. Maria estava sufocada; sentou-se, bebeu um pouco d'água e falou:

— Ia eu agora lá dentro, quando encontrei na sala de jantar a um canto, adivinhem o que? Encontrei seu filho Benjamim quebrando limões no ombro de minha filha! Que desaforo! Fiquei sem saber de mim... Isto se atura, prima? Cão! Ter o atrevimento de... Prima, manda dar uma sova no seu pequeno...

Neste tempo já Lucinda tinha entrado na sala e ouviu a narração da mãe com um espanto tão fingido que parecia um diplomata.

— Estás ai!... exclamou D. Maria. Deixe estar que me pagarás lá em casa!

— Mas que é?...

D. Angélica mandou chamar Benjamim.

O rapaz que estava na cocheira, correu ao chamado da mãe.

— Que é isso, Benjamim? pois então tu tens o desaforo, o atrevimento de não respeitar tua tia nem a minha casa...

Benjamim ficou mais admirado que se visse a cascata de Paulo Afonso; olhou para todos que tinham os olhos nele e perguntou:

— Mas que é mamãe? eu não sei de que fala.

D. Angélica referiu a acusação que lhe fazia D. Maria; o rapaz negou alegando que não saíra debaixo e apelou para o testemunho de um moleque, o qual, como era o portador das cartas entre os dois namorados, não teve dúvida em dizer que o jovem Benjamim desde que descera para a cocheira, não saíra de lá ocupado como estava em seringar os homens que passavam.

D. Angélica voltou-se para a prima.

— Você enganou-se, prima.

— Mas se eu vi!...

Carlos tinha subido também, e, ou para salvar o irmão a quem não tinha raiva, ou para terminar um incidente que perturbaria a festa, confirmou o dito do moleque.

Mas D. Maria que tinha visto, insistia e punha em dúvida a asserção dos sobrinhos e do moleque.

— Foi engano! diziam uns.

— Titia estava preocupada e pareceu-lhe ver...

— Qual engano nem preocupação! Pois eu vi.

Entrara no meio desta bulha o jovem Batista, trajando casaca, luvas de pelica, e gravata branca. Veio de sege para chegar intacto, apesar de morar perto Ouviu a discussão, informou-se do que era e concluiu que devia ser engano de D. Maria. Esta insistiu na afirmativa.

— Dá-se muitas vezes, disse Batistinha sentenciosamente, que a nossa imaginação figura objetos reais quando eles são simplesmente hipotéticos... A história tem um exemplo: Brutus dizem que viu a sombra de César. Foi naturalmente a impressão imaginária que lhe produziu a espécie de presença real. O órgão visual tem fenômenos extravagantes; os recentes trabalhos da ciência...

As moças voltaram as costas e foram para a janela, exceto Teresa que ficou ouvindo o discurso do namorado. Os rapazes desceram à cocheira.

Batista continuou o discurso. Como tinha lido uns livros

de ciência, explicou às senhoras qual a organização do nervo ótico, e como por acaso falasse em olhos bonitos, lembrou-se D. Angélica de contar uma anedota acerca dos olhos do finado Sanches em 1834.

O incidente acabou assim, D. Maria convencida de que realmente fora imaginação sua.

— Agora, se D. Angélica quiser dar-me a honra de uma palavra em particular, disse Batista, ficar-lhe-ei sumamente penhorado.

— Agora reparo, disse D. Angélica. Que trajo para dia de entrudo!

— Minha senhora, respondeu Batista, os grandes sentimentos não conhecem entrudo.

— Fala muito bem este moço, pensou D Maria.

A dona da casa foi com Batista para o interior.

— Minha senhora, disse Batista arrestando-se na sala diante de D. Angélica, muito há que eu nutro, dentro do meu coração, um destes sentimentos que, mal aplicados, podem produzir não só os infortúnios domésticos como até a ruína dos impérios, e, bem aplicados, são a verdadeira bem-aventurança deste mundo. O amor, minha senhora, é o que o bordão é para os cegos, o vento para os navegantes, a saúde para os enfermos, o espaço para os passarinhos...

— Então, ama?

— Loucamente. Seria um inferno este amor se não fosse retribuído. O que é um amor sem retribuição? É o abutre de Prometeu. Sou recompensado com igual amor ao meu: amor amore, diz a sentença latina.

— Que deseja de mim?

— A luz. A senhora tem a minha luz nas suas mãos; pode dar-ma se quiser. Amo sua filha D. Teresa, e desejo unir-me a ela pelos laços matrimoniais...

D. Angélica tinha percebido algum namoro entre a filha e o Batista, mas não cuidou que estivessem tão próximos do casamento. O que sobretudo a fez pasmar foi a escolha do dia. A este respeito observou Batista que, vindo a palavra *entrudo* do latim *entroito*, que quer dizer entrada, estava ele de acordo com o dia desejando entrar na família. O trocadilho despertou as recordações conjugais da Sra. D. Angélica, que citou mais uma anedota do finado Tomás Sanches.

— Quanto ao que me pede, concluiu ela, se Teresa quiser, não tenho razão que opor a uma união que desejo ver feliz e tranquila.

— A senhora chega ao sublime! disse Batista.

Depois abrindo os braços:

— Minha mãe! exclamou ele.

D. Angélica abraçou-o cerimoniosamente, porque achava o rapaz romântico demais.

— Quando poderei ter resposta definitiva?

— Já, se quer; mas é melhor logo... Quando lhe...

Neste momento ouviu-se um grande grito, depois outro e outro; depois um barulho infernal. D. Angélica correu à sala para saber o que era; Batista foi atrás dela.

Na sala ninguém sabia a causa do barulho.

O barulho vinha da cocheira.

— Há de ser algum sujeito que os rapazes meteram no banho, disse D. Angélica trêmula. Ah! meu Deus! estes pequenos ainda me hão de dar algum desgosto grande!

Quis descer; mas Batista a impediu alegando gravemente que uma senhora nunca deve descer.

Os gritos continuaram ainda algum tempo. Depois cessaram; ouviu-se uma voz trêmula de frio lançar uma imprecação aos rapazes.

— Ah! meu Deus! que rapazes! que desgostos!

Subiu alguém a escada; daí a alguns segundos, entrava na sala o Sr. Tibúrcio, vestido de branco, mas todo molhado como se saísse do mar. Entrou respingando a sala toda.

— Jesus! que é isso?

— Ah! minha senhora, eis o estado em que me puseram os seus rapazes! Veja se isto não é um desaforo! Entrei com toda a confiança em sua casa, e os seus meninos, sem que eu lhes houvesse feito mal, agarram-me, metem-me dentro de uma gamela e despejam-me um barril de água por cima, ajudados por dois moleques!

A narração fez enraivecer D. Angélica e rir as raparigas. Efetivamente a figura do Tibúrcio era mais para rir que outra coisa. O homem bufava que parecia uma baleia.

Batista agradeceu ao céu ter vindo em ocasião em que encontrou os rapazes em cima, escapando assim a alguma caçoada.

Assentou-se o Tibúrcio, enquanto D. Angélica ia ver se havia roupa em casa que lhe servisse para mudar aquela.

Tibúrcio contava as suas impressões do banho a D. Maria, e Batista conversava com D. Teresa a quem deu a agradável notícia de que tudo estava arranjado.

De repente aparece Carlos à porta da sala, armado de uma grande seringa de folha de Flandres, pede silêncio às moças com um sinal, e deita um esguicho à nuca do Tibúrcio.

Tibúrcio soltou um grito, pegou na cadeira e removeu como pôde o corpo até à porta da sala; mas Carlos, que sabia o sistema dos antigos Partos, fugiu dando-lhe mais um esguicho pela cara.

— Não se zangue, disse D. Maria acalmando Tibúrcio que prometeu desancar o rapaz; isto afinal são brincadeiras de rapazes... Todos eles o respeitam muito.

— Não está mau o respeito!

D. Angélica voltou à sala.

— Sr. Tibúrcio, vá lá para o quarto da sala de costura; já lá mandei pôr alguma roupa.

Tibúrcio obedeceu.

D. Angélica mandou ordem terminante aos filhos que subissem.

Subiram.

— Que desaforo é esse, rapazes? disse ela.

— O que é mamãe? perguntaram ambos.

— Pois então vocês não respeitam um homem velho e sério, que nos visita? Isto é bonito?

— Mas foi uma brincadeira.

— Pois eu não quero mais essa brincadeira... Brinquem lá com quem quiserem mas não com as pessoas que vêm à minha casa.

Interveio o futuro genro de D. Angélica.

— Minha Senhora, eu estou convencido que estes dignos moços brincam como todos os da nossa idade, sem nenhuma intenção de ofensa. São jovens dignos de toda a estima; incapazes de ofender a quem quer que seja, mormente às pessoas que têm a honra de freqüentar esta casa.

— É verdade! disse Carlos...

— Portanto, continuou o advogado dos rapazes. releve-se-lhes um ato próprio do dia.

— Muito bem! exclamaram os dois rapazes aproximando-se de Batista para lhe agradecer a defesa.

Batista estendeu-lhes a mão.

Mas quando menos o esperava, viu-se agarrado pelos quatro braços vigorosos dos rapazes e levado pela sala fora e depois pela escada abaixo. O pobre moço gritava e protestava contra a perfídia e a ingratidão dos seus clientes, mas embalde! A voz de D. Angélica perdeu-se no meio do barulho; Teresa deitou a chorar; D. Maria benzeu-se; e no meio do tumulto apareceu na sala Tibúrcio; apertadíssimo numas calças de Carlos que lhe ficavam acima do tornozelo e numa jaqueta de Benjamim que lhe batia pelo meio das costas.

A figura fez rir ainda mais do que quando Tibúrcio apareceu molhado da cabeça até os pés.

— Que há de novo? Alguma nova travessura?

— Ah! Sr. Tibúrcio, exclamou D. Angélica; o senhor me há de embarcar estes dois rapazes que me põem doida; meta-os na presiganga!

— Pois não, D. Angélica! Mas que fizeram eles agora?

— Levaram para baixo o Sr. Batista.

— Que! pois tiveram também a audácia? Não admira! não me meteram no banho?

Tibúrcio sentiu uma espécie de satisfação em ver que não era a única vitima.

Pouco tempo depois subiu Batista, e, sem ousar aparecer na sala, pediu a D. Angélica que lhe desse alguma roupa que vestir.

Foi satisfeito.

D. Angélica mandou vir o bacalhau com que se castigavam os escravos e foi abaixo em pessoa.

— Andem! lá para cima! quando não... vai tudo a vergalho.

Os rapazes obedeceram.

D. Angélica não era só mulher de prometer; era mulher de cumprir.

A tarde caía; os rapazes adiaram a festa para os dias seguintes. Mudaram também de roupa e deixaram-se ficar na sala de jantar.

Batista voltou à sala um pouco envergonhado. Tibúrcio já estava mais calmo; D. Maria começou a rir e D. Angélica encaixou uma anedota a respeito de Sanches. As moças sentaram-se também.

— Gastaram todos os limões? perguntou D. Maria sem ver dois tabuleiros cheios.

— Todos, não, disse Ermelinda; ainda temos para amanhã.

— Isso, sim, disse Tibúrcio, isso é brincadeira que eu aprovo; o limão é delicado e diverte a gente.

— Diz muito bem, assentiu Batista. Mas o banho!

— É selvagem!

— É brutal!

— Deve acabar!

— E há de acabar!

— A civilização não comporta...

— Apoiado!

Os rapazes voltaram à sala. Tibúrcio dirigiu-se a D. Maria para dizer alguma coisa que o impedisse de olhar para os seus algozes; ao passo que Batista tirou o relógio, trouxe-o ao ouvido, deu-lhe corda, etc...., tudo para evitar o primeiro olhar dos filhos de D. Angélica.

Ninguém reparou que os rapazes traziam as mãos nos bolsos grandes dos paletós de brim.

Sentaram-se ambos a conversar. Ao principio nem Tibúrcio nem Batista lhes dirigiu a palavra; mas, convindo evitar o ridículo do amuo depois de banho, pouco e pouco foram conversando com eles e restabeleceu-se a confiança.

Não tardou porém que Carlos pregasse em Tibúrcio um rabo de papel, e Benjamim outro em Batista. O de Batista não foi visto logo pelas outras pessoas. Mas como Tibúrcio estava de costas para o grupo das moças, viram estas logo o apêndice posto por Carlos e riram alegremente. Tibúrcio desconfiou. Olhou para Carlos; este ficou sério.

— De que se riem as moças? perguntou Tibúrcio.

— Não sei, respondeu Carlos; deixe ver. Ah! é uma mancha de cal no seu paletó, deixe limpá-la.

Tibúrcio consentiu de boa-fé; e Carlos fingindo que limpava o paletó, quebrou-lhe um ovo nas costas.

Sentiu Tibúrcio que o rapaz não o limpava, antes o sujava, a gema entornou-se parte no chão, D. Angélica correra para Carlos, este correu pela sala, levantou-se Batista para intervir, mas arrastando também um rabo de papel; Benjamim aproveitou a ocasião e quebrou um ovo nas costas de Batista.

Não tenho forças para descrever o barulho que se seguiu a esta cena. O tumulto foi geral; só se acalmou indo os dois rapazes para um quarto onde D. Angélica os fechou a chave.

Com a noite veio o descanso. As visitas se foram embora, exceto D. Maria e a filha que resolveram ficar até quarta feira de Cinzas.

Pelas 9 horas da noite, D. Angélica foi soltar os prisioneiros. Achou-os jogando as cartas. Anunciou-se o chá e eles vieram para mesa, onde foram recebidos com um olhar furibundo da parte de Teresa, cujo namorado fora vitima das suas travessuras.

Quando se iam deitar o moleque que servia de intermediário entre Benjamim e Lucinda, foi aos dois rapazes e disse-lhes que precisava dizer uma coisa.

Levado ao quarto, disse que Batista tinha por costume pular de noite os quintais até o da casa de D. Angélica e conversar aí para a janela onde a sinhá moça Teresa ficava até muito tarde.

Esta comunicação inesperada tinha a seguinte explicação.

O moleque servia também de corretor entre Teresa e Batista; mas não tendo obtido deste as vantagens que esperava, e principalmente tendo-lhe ele recusado uma jaqueta nova que lhe pedira, entendeu que devia vingar-se assim.

Realmente, Batista podia dar-lhe uma ou duas jaquetas; mas como era muito econômico, entreteve o moleque na esperança e esse foi o seu mal.

Carlos ficou espantado com a notícia.

— Será verdade? perguntou ele a Benjamim.

— É nhonhô, insistiu o moleque, ele quer casar com sinhá moça Teresa, mas é um sovina...

— Virá ele hoje?

— Parece que vem.

Ideia infernal surdiu no espírito de Carlos. Era esperar o Romeu dos quintais e pregar-lhe nova peça.

— Um banho! disse o moleque quando Carlos consultava o irmão.

— Sim, um banho! disse Benjamim.

— Não, disse Carlos, coisa melhor; pensemos nisso. Enquanto os dois estavam em conciliábulo, as raparigas foram deitar-se.

Dormiam no mesmo quarto Lucinda e Teresa.

— Estou muito zangada com o Benjamim, disse Lucinda; não gostei que fizesse aquilo no teu... noivo.

— Cala a boca! não fales alto! Não foi ele só, foi o Carlos, que é sempre o autor destas ideias.

— Amanhã hei de passar uma sarabanda nos dois.

— Não digas nada, é melhor.

— Por quê?

— Porque...

— Vais casar, bem sei.

Teresa sorriu.

— Depende de mim, disse ela.

— Titia já te perguntou alguma coisa?

— Nada.

— Mas há de falar...

— Amanhã, talvez.

— Sim, amanhã...

— Que é isto? Isto o quê?

— Não ouviste um grito?

— Não; é uma coruja; estás medrosa.

— Pareceu-me.

As duas sentaram-se na cama.

— Que é que tu hás de dizer quando titia te perguntar se queres casar com o Batistinha?

— Velhaca! disse Teresa sorrindo.

— Por quê, meu Deus?

— Quero saber também o que hás de dizer quando...

— Quando o quê?

— Quando tua mãe te perguntar se queres casar com Benjamim...

— Ora, qual!... Mas vamos lá, dize...

— Eu responderei que é de meu gosto.

— Só isso?

— Pois então?

— Mas isso só não é bonito; é preciso dizer: Com toda a minha alma!

— Deixemos disso; é romântico demais.

Desta vez ouviu-se um sussurro no quintal. As duas chegaram à janela, mas não viram ninguém.

— Não é nada, disse Lucinda.

Entraram outra vez e continuaram a conversar. No fim de dez minutos ouviu-se um assobio.

Teresa estremeceu.

— É ele!

Lucinda começou a despir-se.

— Pois então, disse ela, vai conversar enquanto eu me deito.

Teresa chegou à janela e agitou um lenço branco; Batista que já vinha pulando o último quintal, saltou à terra, aproximou-se do poço e começou a conversar debaixo com a namorada.

— Por que veio hoje? perguntou Teresa.

— Acha que fiz mal? disse Batista.

— Deve estar cansado.

— De quê?

Teresa quis aludir ao banho mas receou envergonhar o rapaz. Por isso, sem responder à pergunta continuou:

— Mamãe ainda me não falou.

— Quando falará?

— Talvez amanhã.

— Que pretende dizer?

— Ora! que sim! diga-me outra vez; está certo de que foi bem recebido por ela?

— Perfeitamente; vi que ela compreendeu o meu amor; e como não, se é essa alma digna, essa alma celeste, toda cheia dos perfumes do paraíso?

Esta rajada lírica produziu um riso sufocado, que Batista atribuiu a Teresa, e esta a Lucinda. Mas Lucinda já dormia nessa ocasião.

— Riu-se de mim? perguntou Batista.

— Que pergunta!

— Parece...

— Ah! não insulte aquela que vai ser sua esposa.

— Insultá-la? jamais... Não; eu daria o meu sangue para vingar aquele que a insultasse... Mas diga-me, Teresa, você está contente casando comigo?

— Oh! muito feliz!

— Eu também! Havemos de ter uma bela vida!

— Eu espero.

— Contanto que nos não visitem indiscretos, ah! principalmente seus irmãos. Que par de pelintras!

— Deixe-os.

— Oh! se os deixo! São dois pelintras sem iguais. Não compreendem que a dignidade da vida humana é respeitar os outros, porque o homem é feito à imagem de Deus, e quem insulta um homem e o desconceitua, ofende a Deus. Não acha. D. Teresa?

— Parece que sim; disse a moça já um pouco aborrecida com o ar tétrico que o namorado ia dando à conversa.

— Mas eu perdoo a esses rapazes; só o que desejo é que me não visitem...

— Será o que você quiser...

— Teresa, você me ama?

— Muito.

— Para sempre?

— Para sempre. E você?

— Oh! eu! pergunta ao mar se ama a praia; ao zéfiro se ama a flor; à abelha se ama...

Não acabou a frase. Um esguicho anônimo lhe inundou a cara. Batista deu um pulo.

— Que é? perguntou a moça.

— Não sei... respondeu ele suspeitando estar descoberto.

— Mas que foi?

Batista não respondeu; imaginou logo que estava espiado e achou conveniente não dizer palavra e safar-se. Infelizmente, a noite estava escura e podia ele esbarrar-se com algum dos rapazes.

— Meu Deus! exclamou a moça. Que é?

— Nada...

— Alguma coisa há de ser.

— Descanse. Foi um espirro. Como ia dizendo, este momento aqueles seus manos são moços alegres mas dignos... Que galante ideia tiveram de me meter no banho!

— Isso é irônico, disse Teresa.

— Qual! é sincero! eu só me zango no momento; mas depois, reconheço logo que não há intenção de caçoar comigo...

Desta vez recebeu um esguicho por trás.

— Aí! disse ele.

— Mas que tem você? perguntou a namorada aflita...

— Nada! é um calo. São excelentes aqueles moços...

Outro esguicho nas pernas.

— São excelentes; continuou Batista tremendo de frio e de medo. Eu, se os encontrasse agora, abraçava-os.

Desta vez foram dois grandes esguichos. Batista teve ideia de pedir perdão; mas por um resto de pudor, não quis fazer figura triste diante da namorada.

Esta cada vez compreendia menos o rapaz. Os esguichos continuaram; ele falava entrecortando as frases; ela chegou a suspeitar que ele estivesse doido.

— Há de perdoar-me, disse ele, está fazendo um frio; vou-me embora.

— Já?

— Já.

— Adeus.

— Adeus!

— Até amanhã.

Teresa fechou a janela; Batista olhou à roda de si, não viu ninguém e procurou aproximar-se do muro para saltar.

Nesse momento caiu-lhe sobre as costas uma caldeirada dágua.

— Ai! ai! gritou ele.

E saltou o muro.

Mas antes que pudesse segurar-se bem, sentiu as pernas presas por quatro braços vigorosos. Caiu arranhando as mãos no muro.

— Que me quereis? disse ele tremendo.

Abriu-se a janela e apareceu Teresa.

O rapaz foi arrastado berrando para uma grande gamela, já cheia dágua. A moça entrou dando um grito. Acordou Lucinda e ambas foram acordar o resto da família.

— Hão de ser os endiabrados! Que pecado cometi eu? exclamou D. Angélica saltando fora da cama.

Dentro de pouco tempo estavam todos a pé, com velas acesas na mão, e dirigiram-se para o fundo, abrindo as janelas que davam para o quintal.

D. Angélica, desceu munida de um vergalho, e apareceu no quintal onde se passava a tragicomédia.

Batista esperneava dentro da gamela. Os dois irmãos o prendiam enquanto o moleque lhe despejava baldes dágua.

— Que é isto? perguntou D. Angélica.

E avançou brandindo o vergalho.

O perigo era iminente.

Os dois rapazes agarraram em Batista.

Carlos sentiu uma vergalhada nas costas; outra vergalhada foi diretamente a Benjamim. Que fazer? Os dois pegam do corpo de Batista e fizeram dele escudo, de maneira que as vergalhadas que D. Angélica, cega de furor, cuidava dar nos filhos, quem as apanhava era o futuro genro.

Teresa desceu abaixo; e suspendeu o braço da mãe, quando já Batista sentira todo o peso do braço da viúva Sanches.

Cessou a pancadaria; Batista foi levado para cima, e D. Angélica perguntou como é que os dois rapazes tinham podido pilhar Batista no quintal para maltratá-lo assim.

Aqui estava o nó da situação.

Batista, não querendo confessar que fora conversar com a futura noiva, e temendo as revelações dos rapazes, disse que fora lá para tratar com eles uma caçoada, e que aquilo era uma brincadeira.

Ao mesmo tempo dirigiu um olhar suplicante aos moços, que confirmaram a história, escapando assim a uma infalível correção.

Nessa noite todos dormiram mal.

Quando no dia seguinte, Tibúrcio soube do fato, sorriu dizendo que também o Batista merecia a presiganga.

Acabou o entrudo, felizmente para o Batista, e a quaresma felizmente para ele e a noiva, que se casaram e dão-se muito bem.

Batista vendeu o armarinho, e joga o gamão numa botica todas as tardes.

***

27 de fevereiro

Machado de Assis

BONS DIAS!

Ei-lo que chega... Carnaval à porta!... Diabo! aí vão palavras que dão ideia de um começo de recitativo ao piano; mas outras posteriores mostram claramente que estou falando em prosa; e se *prosa* quer dizer *falta de dinheiro* (em cartaginês, está claro) então é que falei como um Cícero.

Carnaval à porta. Já lhe ouço os guizos e tambores. Aí vêm os carros das ideias... Felizes ideias, que durante três dias andais de carro! No resto do ano ides a pé, ao sol e à chuva, ou ficais no tinteiro, que é ainda o melhor dos abrigos. Mas lá chegam os três dias, quero dizer os dois, porque o de meio não conta; lá vêm, e agora é a vez de alugar a berlinda, sair e passear.

Nem isso, ai de mim, amigas, nem esse gozo particular, único cronológico, marcado, combinado e acertado, me é dado saborear este ano. Não falo por causa da febre amarela; essa vai baixando. As outras febres são apenas companheiras... Não; não é essa a causa.

Talvez não saibam que eu tinha uma ideia e um plano. A ideia era uma cabeça de Boulanger, metade coroada de louros, metade forrada de lama. O plano era metê-la em um carro, e andar. E vede bem, vós que sois ideias, vede se o plano desta ideia era mau. Os que esperam do general alguma coisa, deviam aplaudir; os que não esperam nada, deviam patear; mas o provável é que aplaudissem todos, unicamente por este fato: porque era uma ideia.

Mas a falta de dinheiro (*prosa*, em língua púnica) não me permite pôr esta ideia na rua. Sem dinheiro, sem ânimo de o pedir a alguém, e, com certeza, sem ânimo de o pagar, estou reduzido ao papel de espectador. Vou para a turbamulta das ruas e das janelas; perco-me no mar dos incógnitos.

Já alguém me aconselhou que fosse vestido de tabelião. Redargui que tabelião não traz ideia; e depois, não há diferença sensível entre o tabelião e o resto do universo. Disseram-me que, tanto há diferença, que chega a havê-la entre um tabelião e outro tabelião.

— Não leu o caso do tabelião que foi agora assassinado, não sei em que vila do interior? Foi assassinado diante de cinquenta pessoas, de dia e na rua, sem perturbação da ordem pública. Veja se há de nunca acontecer coisa igual ao Cantanheda...

— Mas que é que fez o tabelião assassinado?

— É o que a notícia não diz, nem importa saber. Fez ou não fez aquela escritura. Casou com a sobrinha de um dissidente político. Chamou nariz de César à falta de nariz de alguma influência local. É a diferença dos tabeliães da roça e da cidade. Você passa pela Rua do Rosário, e contempla a gravidade de todos os notários daqui. Cada um à sua mesa, alguns de óculos, as pessoas entrando, as cadeiras rolando, as escrituras começando... Não falam de política; não sabem nunca da queda dos Ministérios, senão à tarde, nos bondes; e ouvem os partidários como os outorgantes, sem paixão, nem por um, nem por outro. Não é assim na roça. Vista-se você de tabelião da roça, com um tiro de garrucha varando-lhe as costelas.

— Mas como hei de significar o tiro?

— Isto agora é que é ideia; procure uma ideia. Há de haver uma ideia qualquer que significa um tiro. Leve à orelha uma pena, na mão uma escritura, para mostrar que é tabelião; mas como é tabelião político, tem de exprimir a sua opinião política. É outra ideia. Procure duas ideias, a da opinião e a do tiro.

Fiquei alvoroçado; o plano era melhor que o outro, mas

esbarrava sempre na falta de dinheiro para a berlinda, e agora no tempo, para arranjar as ideias. Estava nisto, quando o meu interlocutor me disse que ainda havia ideia melhor.

— Melhor?

— Vai ver: comemorar a tomada da Bastilha, antes de 14 de julho.

— Trivial.

— Vai ver se é trivial. Não se trata de reproduzir a Bastilha, o povo parisiense e o resto, não senhor. Trata-se de copiar São Fidélis...

— Copiar São Fidélis?

— O povo de São Fidélis tomou agora a cadeia, destruiu-a, sem ficar porta, nem janela, nem preso, e declarou que não recebe o subdelegado que para lá mandaram. Compreende bem, que esta reprodução de 1789, em ponto pequeno, cá pelo bairro é uma boa ideia.

— Sim, senhor, é ideia... Mas então tenho de escolher entre a morte pública do tabelião e a tomada da cadeia! Se eu empregasse as duas?

— Eram duas ideias.

— Com umas brochadas de anarquia social, mental, moral, não sei mais qual?

— Isso então é que era um cacho de ideias... Falta-lhe só a berlinda.

— Falta-me prosa, que é como os soldados de Aníbal chamavam ao dinheiro. *Uba sacá prosa nanapacatu.* Em português: "Falta dinheiro aos heróis de Cartago para acabar com os romanos." Ao que respondia Aníbal: *Tunga loló.* Em português: Boas noites.

***

João do Rio
(1881-1921)

Cronista, contista, romancista, jornalista, tradutor e teatrólogo, João Paulo Emílio Cristóvão dos Santos Coelho Barreto optou por usar seu pseudônimo mais famoso para escrever crônicas e contos de costume, que também retratavam o ser humano sob seus aspectos mundanos diários. Libertário e a favor das minorias, principalmente, das mulheres, João do Rio também foi membro da Academia Brasileira de Letras, tornando-se um imortal não apenas devido a ela, mas também ao seu talento que, em alguns momentos, lembra o de Machado de Assis e o de Lima Barreto.

Para a nossa coletânea, escolhemos uma crônica e um conto seus. Em "Cordões", crônica publicada pela primeira vez em 1908, no jornal *Gazeta de Notícias*, João do Rio relativiza a imagem do Carnaval que, para um dos amigos, é a perfeita comunhão entre subjetividades e trivialidades em meio a todos os tipos de pessoas, de cheiros e de sensações. Para o outro, o Carnaval é a mais pura degradação humana pelos mesmos motivos, hostilizando a Carnavalização natural do período. A linguagem utilizada por um e pelo outro denota o ponto de vista de cada um em um tom sinestésico, que faz com que o leitor se sinta imerso, dançando impulsivamente pelas ruas do Rio de Janeiro. Diante da reflexão e do final da crônica, a percepção do leitor é a de que não há escolha quando Carnaval é o assunto.

Diferentemente do tom leve, ainda que incisivo de "Cordões", "O bebê de tarlatana rosa", conto publicado em 1910, traz elementos fantásticos e grotescos como instrumentos reflexivos. Fantástico é um gênero literário que provoca no leitor uma sensação de hesitação entre o que é real e o que é sobrenatural. No conto, a partir do que (não) se descobre sobre o "bebê", o fantástico cumpre seu papel, deixando o leitor confuso em relação ao que está acontecendo, mas sem jamais perder de vista a crítica feita em relação à permissividade do Carnaval, contrastando-a com os julgamentos sociais realizados por nós durante o resto do ano. Na confissão consciente da Carnavalização oferecida pelos ares festivos da época, o "bebê" vem provar que essa subversão de valores é sua única saída. A tarlatana, um tecido transparente, embora de fios grossos, cor de rosa, mesclando pureza e grotesco, é a representação de que a inversão de valores é vista, porém ignorada e celebrada por todos. É no momento da confissão deste "bebê" que se cobre, mas não totalmente, que o leitor se depara com o momento mais reflexivo do conto.

***

Cordões

João do Rio

Oh! abre ala!
Que eu quero passá
Estrela d'Alva
Do Carnavá!

Era em plena rua do Ouvidor. Não se podia andar. A multidão apertava-se, sufocada. Havia sujeitos congestos, forçando a passagem com os cotovelos, mulheres afogueadas, crianças a gritar, tipos que berravam pilhérias. A pletora da alegria punha desvarios em todas as faces. Era provável que do largo de São Francisco à rua Direita dançassem vinte cordões e quarenta grupos, rufassem duzentos tambores, zabumbassem cem bombos, gritassem cinqüenta mil pessoas. A rua convulsionava-se como se fosse fender, rebentar de luxúria e de barulho. A atmosfera pesava como chumbo. No alto, arcos de gás besuntavam de uma luz de açafrão as fachadas dos prédios. Nos estabelecimentos comerciais, nas redações dos jornais, as lâmpadas elétricas despejavam sobre a multidão uma luz ácida e galvânica, que enlividescia e parecia convulsionar os movimentos da turba, sob o panejamento multicolor das bandeiras que adejavam sob o esfarelar constante dos *confetti*, que, como um irisamento do ar, caíam, voavam, rodopiavam. Essa iluminação violenta era ainda aquecida pelos braços de luz auer, pelas vermelhidões de incêndio e as súbitas explosões azuis e verdes dos fogos de Bengala; era como que arrepiada pela corrida diabólica e incessante dos archotes e das pequenas lâmpadas portáteis. Serpentinas riscavam o ar; homens passavam empapados d'água, cheios de *confetti*; mulheres de chapéu de papel curvavam as nucas à etila dos lança-perfumes, frases rugiam cabeludas, entre gargalhadas, risos, berros, uivos, guinchos. Um cheiro estranho, misto de perfume barato, fartum, poeira, álcool, aquecia ainda mais o baixo instinto de promiscuidade. A rua personalizava-se, tornava-se uma e parecia, toda ela policromada de serpentinas e *confetti*, arlequinar o pincho da loucura e do deboche. Nós íamos indo, eu e o meu amigo, nesse pandemônio. Atrás de nós, sem colarinho, de pijama, bufando, um grupo de rapazes acadêmicos, futuros diplomatas e futuras glórias nacionais, berrava furioso a cantiga do dia, essas cantigas que só aparecem no Carnaval:

Há duas coisa
Que me faz chorá
É nó nas tripa
E bataião navá!

De repente, numa esquina, surgira o pavoroso abre-alas, enquanto, acompanhado de urros, de pandeiros, de xequerês, um outro cordão surgia.

Sou eu! Sou eu!
Sou eu que cheguei aqui
Sou eu Mina de Ouro
Trazendo nosso Bogari.

Era intimativo, definitivo. Havia porém outro. E esse cantava adulçorado:

Meu beija-flor
Pediu para não contar
O meu segredo
A Iaiá.
Só conto particular.
Iaiá me deixe descansar
Rema, rema, meu amor
Eu sou o rei do pescador.

Na turba compacta o alarma correu. O cordão vinha assustador. A frente um grupo desenfreado de quatro ou cinco caboclos adolescentes com os sapatos desfeitos e grandes arcos pontudos corria abrindo as bocas em berros roucos. Depois um negralhão todo de penas, com a face lustrosa como piche, a gotejar suor, estendia o braço musculoso e nu sustentando o tacape de ferro. Em seguida gargolejava o grupo vestido de vermelho e amarelo com lantejoulas d'ouro a chispar no dorso das casacas e grandes cabeleiras de cachos, que se confundiam com a epiderme num empastamento nauseabundo. Ladeando o bolo, homens em tamancos ou de pés nus iam por ali, tropeçando, erguendo archotes, carregando serpentes vivas sem os dentes, lagartos enfeitados, jabutis aterradores com grandes gritos roufenhos. Abriguei-me a uma porta. Sob a chuva de *confetti*, o meu companheiro esforçava-se por alcançar-me.

— Por que foges?

— Oh! estes cordões! Odeio o cordão.

— Não é possível.

— Sério!

Ele parou, sorriu:

— Mas que pensas tu? O cordão é o carnaval, o cordão é vida delirante, o cordão é o último elo das religiões pagãs. Cada um desses pretos ululantes tem por sob a belbutina e o reflexo discrômico das lantejoulas, tradições milenares; cada preta bêbada, desconjuntando nas tarlatanas amarfanhadas os quadris largos, recorda o delírio das procissões em Biblos pela época da primavera e a fúria rábida das bacantes. Eu tenho vontade, quando os vejo passar zabumbando, chocalhando, berrando, arrastando a apoteose incomensurável do rumor, de os respeitar, entoando em seu louvor a "prosódia" clássica com as frases de Píndaro – salve grupos floridos, ramos floridos da vida...

Parei a uma porta, estendo as mãos.

— É a loucura, não tem dúvida, é a loucura. Pois é possível louvar o agente embrutecedor das cefalgias e do horror?

— Eu adoro o horror. É a única feição verdadeira da humanidade. E por isso adoro os cordões, a vida paroxismada, todos os sentimentos tendidos, todas as cóleras a rebentar, todas as ternuras ávidas de torturas.

Achas tu que haveria carnaval se não houvesse os cordões? Achas tu que bastariam os préstitos idiotas de meia dúzia de senhores que se julgam engraçadíssimos ou esse pesadelo dos três dias gordos intitulado – máscaras de espírito? Mas o Carnaval teria desaparecido, seria hoje menos que a festa da Glória ou o "bumba-meu-boi" se não fosse o entusiasmo dos grupos da Gamboa, do Saco, da Saúde, de São Diogo, da Cidade Nova, esse entusiasmo ardente, que meses antes dos três dias vem queimando como pequenas fogueiras crepitantes para acabar no formidável e total incêndio que envolve e estorce a cidade inteira. Há em todas as sociedades, em todos os meios, em todos os prazeres, um núcleo dos mais persistentes, que através do tempo guarda a chama pura do entusiasmo. Os outros são mariposas, aumentam as sombras, fazem os efeitos.

Os cordões são os núcleos irredutíveis da folia carioca, brotam como um fulgor mais vivo e são antes de tudo bem do povo, bem da terra, bem da alma encantadora e bárbara do Rio.

Quantos cordões julgas que há da Urca ao Caju? Mais de duzentos! E todos, mais de duas centenas de grupos, são inconscientemente os sacrários da tradição religiosa da dança, de um costume histórico e de um hábito infiltrado em todo o Brasil.

— Explica-te! bradei eu, fugindo para outra porta, sob uma avalanche de *confetti* e velhas serpentinas varridas de uma sacada.

Atrás de mim, todo sujo, com fitas de papel velho pelos ombros, o meu companheiro continuou:

— Eu explico. A dança foi sempre uma manifestação cultual. Não há danças novas; há lentas transformações de antigas atitudes de culto religioso. O bailado clássico das bailarinas do Scala e da Ópera tem uma série de passos do culto bramânico, o minueto é uma degenerescência da reverência sacerdotal, e o cakewalk e o maxixe, danças delirantes, têm o seu nascedouro nas correrias de Dionísios e no pavor dos orixalás da África. A dança saiu dos templos; em todos os templos se dançou, mesmo nos católicos.

O meu amigo falava intercortado, gesticulando. Começava desconfiar da sua razão. Ele, entretanto, esticando o dedo, bradava no torvelinho da rua:

— O Carnaval é uma festa religiosa, é o misto dos dias sagrados de Afrodite e Dionísio, vem coroado de pâmpanos e cheirando a luxúria. As mulheres entregam-se; os homens abrem-se; os instrumentos rugem; estes três dias ardentes, coruscantes são como uma enorme sangria na congestão dos maus instintos. Os cordões saíram dos templos! Ignoras a origem dos cordões? Pois eles vêm da festa de Nossa Senhora do Rosário, ainda nos tempos coloniais. Não sei por que os pretos gostam da Nossa Senhora do Rosário... Já naquele tempo gostavam e saíam pelas ruas vestidos de reis, de bichos, pajens, de guardas, tocando instrumentos africanos, e paravam em frente à casa do vice-rei a dançar e cantar. De uma feita, pediram ao vice-rei um dos escravos para fazer de rei. O homem recusou a lisonja que dignificava o servo, mas permitiu os folguedos. E estes folguedos ainda subsistem com simulacros de batalha, e quase transformados, nas cidades do interior. Havia uma certa conexão nas frases do cavalheiro que me acompanhava; mas, cada vez mais receoso da apologia, eu andava agora quase a correr. Tive, porém, de parar. Era o "Grêmio Carnavalesco Destemidos do Inferno", arrastando seis estandartes cobertos de coroas de louro. Os homens e as mulheres, vestidos de preto, amarelo e encarnado, pingando suor, zé-pereiravam:

Os roxinóis estão a cantar
Por cima do carramanchão
Os Destemidos do Inferno
Tenho por eles paixão.
E logo vinha a chula:
Como és tão linda!
Como és formosa!
Olha os destemidos
No galho da rosa.

– Como é idiota!

– É admirável. Os poetas simbolistas são ainda mais obscuros. Ora escuta este, aqui ao lado.

Vinte e sete bombos e tambores rufavam em torno de nós com a fúria macabra de nos desparafusar os tímpanos. Voltei-me para onde me guiava o dedo conhecedor do Píndaro daquele desespero e vi que cerca de quarenta seres humanos cantavam com o lábio grosso, úmido de cuspo, estes versos:

Três vezes nove
Vinte e sete
Bela morena
Me empresta seu leque
Eu quero conhecer
Quem é o treme terra?
No campo de batalha
Repentinos dá sinal da guerra.

Entretanto, os Destemidos tinham parado também. Vinham em sentido contrário, fazendo letras complicadas pela rua forrada de papel policromo, sob a ardência das lâmpadas e dos arcos, o grupo da "Rainha do Mar" e o grupo dos "Filhos do Relâmpago do Mundo Novo". Os da Rainha cantavam em bamboleios de onda:

Moreninha bela
Hei de te amar
Sonhando contigo
Nas ondas do mar.

Os do Relâmpago, chocalhando chocalhos, riscando xequedês, berravam mais apressados:

No triná das ave
Vem rompendo a aurora
Ela de saudades
Suspirando chora.
Sou o Ferramenta
Vim de Portugá
O meu balão
Chama Nacioná.

Senhor Deus! Era a loucura, o pandemônio do barulho e da sandice. O fragor porém aumentava, como se concentrando naquele ponto, e, esticando os pés, eu vi por trás da "Rainha do Mar" uma serenata, uma autêntica serenata com cavaquinhos, violões, vozes em ritornelo sustentando fermatas langorosas. Era a "Papoula do Japão":

Toda a gente pressurosa
Procura flor em botão
É uma flor recém-nascida
A papoula do Japão
Docemente se beijava
Uma... rola
Atraída pelo aroma
Da... papoula...

— Vamos embora. Acabo tendo uma vertigem.

— Admira a confusão, o caos ululante. Todos os sentimentos, todos os fatos do ano reviravolteiam, esperneiam, enlanguescem, revivem nessas quadras feitas apenas para acertar com a toada da cantiga. Entretanto, homem frio, é o povo que fala. Vê o que é para ele a maior parte dos acontecimentos.

— Quantos cordões haverá nesta rua?

— Sei lá – quarenta, oitenta, cem, dançando em frente à redação dos jornais. Mas, caramba! olha o brilho dos grupos, louva-lhes a prosperidade. O cordão da Senhora do Rosário passou ao cordão de Velhos. Depois dos Velhos os Cucumbis. Depois dos Cucumbis os Vassourinhas. Hoje são duzentos.

— É verdade, com a feição feroz da ironia que esfaqueia os deuses e os céus – fiz eu recordando a frase apologista.

— Sim, porque a origem dos cordões é o Afoxé africano, em que se debocha a religião.

— O Afoxé? insisti, pasmado.

— Sim, o Afoxé. É preciso ver nesses bandos mais do que uma correria alegre – a psicologia de um povo. O cordão tem antes de tudo o sentimento da hierarquia e da ordem.

— A ordem na desordem?

— É um lema nacional. Cada cordão tem uma diretoria. Para as danças há dois fiscais, dois mestres-sala, um mestre de canto, dois porta-machados, um achinagú ou homem da frente, vestido ricamente. Aos títulos dos cordões pode-se aplicar uma das leis de filosofia primeira e concluir daí todas as idéias dominantes na populaça. Há uma infinidade que são caprichosos e outros teimosos. Perfeitamente pessoal da lira:

— Agora é capricho! Quando eu teimo, teimo mesmo!

Nota depois a preocupação de maravilhar, com ouro, com prata, com diamantes, que infundem o respeito da riqueza — Caju de Ouro, Chuveiro de Ouro, Chuva de Prata, Rosa de Diamantes, e às vezes coisas excepcionais e únicas — Relâmpago do Mundo Novo. Mas o da grossa população é a flor da gente, tendo da harmonia a constante impressão das gaitas, cavaquinhos, dos violões, desconhecendo a palavra, talvez apenas sentindo-a como certos animais que entendem discursos e sofrem a ação dos sons. Há quase tantos cordões intitulados Flor e Harmonia, como há Teimosos e Caprichosos. Um mesmo chama-se Flor da Harmonia, como há outro intitulador Flor do Café.

——Não te parece? Vai-se aos poucos detalhando a alma nacional nos estandartes dos cordões. Oliveira Gomes, esse ironista sutil, foi mais longe, estudou-lhes a zoologia. Mas, se há Flores, Teimosos, Caprichosos e Harmonias, os que querem espantar com riquezas e festas nunca vistas, há também os preocupados com as vitórias e os triunfos, os que antes de sair já são Filhos do Triunfo da Glória, Vitoriosos das Chamas, Vitória das Belas, Triunfo das Morenas.

— Acho gentil essa preocupação de deixar vencer as mulheres.

— A morena é uma preocupação fundamental da canalha. E há ainda mais, meu amigo, nenhum desses grupos intitula-se republicano, Republicanos da Saúde, por exemplo. E sabe por quê? Porque a massa é monarquista. Em compensação abundam os reis, as rainhas, os vassalos, reis de ouro, vassalos da aurora, rainhas do mar, há patriotas tremendos e a ode ao Brasil vibra infinita.

Neste momento tínhamos chegado a uma esquina atulhada de gente. Era impossível passar. Dançando e como que rebentando as fachadas com uma "pancadaria" formidável, estavam os do "Prazer da Pedra Encantada" e cantavam:

Tanta folia, Nenê!
Tanto namoro;
A "Pedra Encantada", ai! ai!
Coberta de ouro!

E o coro, furioso:

Chegou o povo, Nenê Floreada

É o pessoal, ai! ai!
Da "Pedra Encantada".

Mas a multidão, sufocada, ficava em derredor da "Pedra" entaipada por outros quatro cordões que se encontravam numa confluência perigosa. Apesar do calor, corria um frio de medo; as batalhas de *confetti* cessavam; os gritos, os risos, as piadas apagavam-se, e só, convulsionando a rua, como que sacudindo as casas, como que subindo ao céus, o batuque confuso, epiléptico, dos atabaques, "xequedés", pandeiros e tambores, os pancadões dos bombos, os urros das cantigas berradas para dominar os rivais, entre trilos de apitos, sinais misteriosos cortando a zabumbada delirante como a chamar cada um dos tipos à realidade de um compromisso anterior. Eram a "Rosa Branca", negros lantejoulantes da rua dos Cajueiros, os "Destemidos das Chamas", os "Amantes do Sereno" e os "Amantes do Beija-flor"! Os negros da "Rosa", abrindo muito as mandíbulas, cantavam:

No Largo de São Francisco
Quando a corneta tocou
Era o triunfo "Rosa Branca"
Pela Rua do Ouvidô.

Os "Destemidos", em contraposição, eram patriotas:

Rapaziada, bate,
Bate com maneira
Vamos dar um viva
À bandeira brasileira

Os "Amantes do Sereno", dengosos, suavizavam:

Aonde vais, Sereno
Aonde vais, com teu amor?
Vou ao Campo de Santana
Ver a batalha de flô.

E no meio daquela balbúrdia infernal, como uma nota

ácida de turba que chora as suas desgraças divertindo-se, que soluça cantando, que se mata sem compreender, este soluço mascarado, esta careta d'Arlequim choroso elevava-se do "Beija-Flor":

A 21 de janeiro
O "Aquidabã" incendiou
Explodiu o paiol de pólvora
Com toda gente naufragou
E o coro:
Os filhinhos choram
Pelos pais queridos.
As viúvas soluçam
Pelos seus maridos.

Era horrível. Fixei bem a face intumescida dos cantores. Nem um deles sentia ou sequer compreendia a sacrílega menipeia desvairada do ambiente, Só a alma da turba consegue o prodígio de ligar o sofrimento e o gozo na mesma lei de fatalidade, só o povo diverte-se não esquecendo as suas chagas, só a populaça desta terra de sol encara sem pavor a morte nos sambas macabros do Carnaval.

– Estás atristado pelos versos do "Beija-Flor"? Há uma porção de grupos que comentam a catástofre. Ainda há instantes passou a "Mina de Ouro". Sabes qual é a marcha dessa sociedade? Esta sandice tétrica:

Corremos, corremos
Povo brasileiro
Para salvar do "Aquidabã"
Os patriotas marinheiros.

Isto no carnaval quando todos nós sentimos irreparável a desgraça. Mas o cordão perderia a sua superioridade de vivo reflexo da turba se não fosse esse misto indecifrável de dor e pesar. Todos os anos as suas cantigas comemoram as fatalidades culminantes.

Neste momento, porém, os "Amantes de Sereno" resolveram voltar. Houve um trilo de apito, a turba fendeu-se. Dois rapazinhos vestidos de belbutina começaram a fazer "letra" com grandes espadas de pau prateado, dando pulos quebrando o corpo. Depois, o achinagú ou homem da frente, todo coberto de lantejoulas, deu uma volta sob a luz clara da luz elétrica e o bolo todo golfou – diabos, palhaços, mulheres, os pobres que não tinham conseguido fantasias e carregavam os archotes, os fogos de bengala, as lâmpadas de querosene. A multidão aproveitou o vazio e precipitou-se. Eu e meu amigo caímos na corrente impetuosa.

Oh! Sim! Ele tinha razão! O cordão é o carnaval, é o último elo das religiões pagãs, é bem o conservador do sagrado dia do deboche ritual; o cordão é a nossa alma ardente, luxuriosa, triste, meio escrava e revoltosa, babando lascívia pelas mulheres e querendo maravilhar, fanfarrona, meiga, bárbara, lamentável.

Toda a rua rebentava no estridor dos bombos. Outras canções se ouviam. E, agarrado ao braço do meu amigo, arrastado pela impetuosa corrente aberta pela passagem dos "Amantes do Sereno", eu continuei rua abaixo, amarrado ao triunfo e à fúria do cordão!...

***

O bebê de tarlatana rosa

João do Rio

— Oh! Uma história de máscaras! Quem não a tem na sua vida? O carnaval só é interessante porque nos dá essa sensação de angustioso imprevisto... Francamente. Toda a gente tem a sua história de carnaval, deliciosa ou macabra, álgida ou cheia de luxúrias atrozes. Um carnaval sem aventuras não é carnaval. Eu mesmo este ano tive uma aventura...

E Heitor de Alencar esticava-se preguiçosamente no divã, gozando a nossa curiosidade.

Havia no gabinete o barão Belfort, Anatólio de Azambuja de que as mulheres tinham tanta implicância, Maria de Flor, a extravagante boêmia, e todos ardiam por saber a aventura de Heitor. O silêncio tombou expectante. Heitor, fumando um Gianaclis autêntico, parecia absorto.

— É uma aventura alegre? indagou Maria.

— Conforme os temperamentos.

— Suja?

— Pavorosa ao menos.

— De dia?

— Não. Pela madrugada.

— Mas, homem de Deus, conta! — suplicava Anatólio. Olha que está adoecendo a Maria.

Heitor puxou um largo trago à cigarreta.

— Não há quem não saia no Carnaval disposto ao excesso, disposto aos transportes da carne e às maiores extravagâncias. O desejo, quase doentio é como incutido, infiltrado pelo ambiente. Tudo respira luxúria, tudo tem da ânsia e do espasmo, e nesses quatro dias paranoicos, de pulos, de guinchos, de confianças ilimitadas, tudo é possível. Não há quem se contente com uma...

— Nem com um — atalhou Anatólio.

— Os sorrisos são ofertas, os olhos suplicam, as gargalhadas passam como arrepios de urtiga pelo ar. É possível que muita gente consiga ser indiferente. Eu sinto tudo isso. E saindo, à noite, para a porneia da cidade, saio como na Fenícia saíam os navegadores para a procissão da Primavera, ou os alexandrinos para a noite de Afrodite.

— Muito bonito! — ciciou Maria de Flor.

— Está claro que este ano organizei uma partida com quatro ou cinco atrizes e quatro ou cinco companheiros. Não me sentia com coragem de ficar só como um trapo no vagalhão de volúpia e de prazer da cidade. O grupo era o meu salva-vidas. No primeiro dia, no sábado, andávamos de automóvel a percorrer os bailes. Íamos indistintamente beber champanha aos clubes de jogo que anunciavam bailes e aos maxixes mais ordinários. Era divertidíssimo e ao quinto clube estávamos de todo excitados. Foi quando lembrei uma visita ao baile público do Recreio. "Nossa Senhora! — disse a primeira estrela de revistas, que ia conosco. — Mas é horrível! Gente ordinária, marinheiros à paisana, fúfias dos pedaços mais esconsos da rua de S. Jorge, um cheiro atroz, rolos constantes..." "Que tem isso? Não vamos juntos?"

Com efeito. Íamos juntos e fantasiadas as mulheres. Não havia o que temer e a gente conseguia realizar o maior desejo: acanalhar-se, enlamear-se bem. Naturalmente fomos e era desolação com pretas beiçudas e desdentadas esparrimando belbutinas fedorentas pelo estrado da banda militar, todo o pessoal de azeiteiros das ruelas lôbregas e essas estranhas figuras de larvas diabólicas, de íncubos em frascos de álcool, que têm as perdidas de certas ruas, moças, mas com os traços como amassados e todas pálidas, pálidas feitas de pasta de mata-borrão e de papel-arroz. Não havia nada de novo. Apenas, como o grupo parara diante dos dançarinos, eu senti que se roçava em mim, gordinho e apetecível, um bebê de tarlatana rosa. Olhei-lhe as pernas de meia curta. Bonitas. Verifiquei os braços, o caído das espáduas, a curva do seio. Bem agradável. Quanto ao rosto era um rostinho atrevido, com dois olhos perversos e uma boca polpuda como se ofertando. Só postiço trazia o nariz, um nariz tão bem-feito, tão acertado, que foi preciso observar para verificá-lo falso. Não tive dúvida. Passei a mão e preguei-lhe um beliscão. O bebê caiu mais e disse num suspiro: ai que dói! Estão vocês a ver que eu fiquei imediatamente disposto a fugir do grupo. Mas comigo iam cinco ou seis damas elegantes capazes de se debochar, mas de não perdoar os excessos alheios, e era sem linha correr assim, abandonando-as, atrás de uma frequentadora dos bailes do Recreio. Voltamos para os automóveis e fomos cear no clube mais *chic* e mais secante da cidade.

— E o bebê?

— O bebê ficou. Mas no domingo, em plena avenida, indo eu ao lado do *chauffeur;* no burburinho colossal, senti um beliscão na perna e uma voz rouca dizer: "para pagar o de ontem". Olhei. Era o bebê rosa, sorrindo, com o nariz postiço, aquele nariz tão perfeito. Ainda tive tempo de indagar: "aonde vais hoje?"

"À toda parte!" — respondeu, perdendo-se num grupo tumultuoso.

— Estava perseguindo-te! — comentou Maria de Flor.

— Talvez fosse um homem... — soprou desconfiado o amável Anatólio.

— Não interrompam o Heitor! — fez o barão, estendendo a mão.

Heitor acendeu outro Gianaclis, ponta de ouro, sorriu, continuou:

— Não o vi mais nessa noite, e segunda-feira não o vi também. Na terça desliguei-me do grupo e caí no mar alto da depravação, só, com uma roupa leve por cima da pele e todos os maus instintos fustigados. De resto a cidade inteira estava assim. É o momento em que por trás das máscaras as meninas confessam paixões aos rapazes, é o instante em que as ligações mais secretas transparecem, em que a virgindade é dúbia e todos nós a achamos inútil, a honra uma caceteação, o bom senso uma fadiga. Nesse momento tudo é possível, os maiores absurdos, os maiores crimes; nesse momento há um riso que galvaniza os sentidos e o beijo se desata naturalmente.

Eu estava trepidante, com uma ânsia de acanalhar-me, quase mórbida. Nada de raparigas do galarim perfumadas e por demais conhecidas, nada do contato familiar, mas o deboche anônimo, o deboche ritual de chegar, pegar, acabar, continuar. Era ignóbil. Felizmente muita gente sofre do mesmo mal no carnaval.

— A quem o dizes!... — suspirou Maria de Flor.

— Mas eu estava sem sorte, com a *guigne*, com o caiporismo dos defuntos índios. Era aproximar-me, era ver fugir a presa projetada. Depois de uma dessas caçadas pelas avenidas e pelas praças, embarafustei pelo S. Pedro, meti-me nas danças, rocei-me àquela gente em geral pouco limpa, insisti aqui, ali. Nada.

— É quando se fica mais nervoso.

— Exatamente. Fiquei nervoso até o fim do baile, vi sair toda gente, e saí mais desesperado. Eram três horas da manhã. O movimento das ruas abrandara. Os outros bailes já tinham acabado. As praças, horas antes incendiadas pelos projetores elétricos e as cambiantes enfumadas dos fogos de bengala, caíam em sombras — sombras cúmplices da madrugada urbana. E só, indicando a folia, a excitação da cidade, um ou outro carro arriado levando máscaras aos beijos ou alguma fantasia tilintando guizos pelas calçadas fofas de confete. Oh! A impressão enervante dessas figuras irreais na semissombra das horas mortas, roçando as calçadas, tilintando aqui, ali um som perdido de guizo! Parece qualquer coisa de impalpável, de vago, de enorme, emergindo da treva aos pedaços... E os dominós embuçados, as dançarinas amarfanhadas, a coleção indecisa dos máscaras de último instante arrastando-se extenuados! Dei para andar pelo largo do Rocio e ia caminhando para os lados da secretaria do interior, quando vi, parado, o bebê de tarlatana rosa.

Era ele! Senti palpitar-me o coração. Parei.

— "Os bons amigos sempre se encontram" — disse. O bebê sorriu sem dizer palavra. "Estás esperando alguém?" — fez um gesto com a cabeça que não. Enlacei-o. "Vens comigo?" "Onde?" — indagou a sua voz áspera e rouca. "Onde quiseres!" — peguei-lhe nas mãos. Estavam úmidas, mas eram bem tratadas. Procurei dar-lhe um beijo. Ela recuou. Os meus lábios tocaram apenas a ponta fria do seu nariz. Fiquei louco.

— Por pouco...

— Não era preciso mais no Carnaval, tanto mais quanto ela dizia com a sua voz arfante e lúbrica: "Aqui não!" Passei-lhe o braço pela cintura e fomos andando sem dar palavra. Ela apoiava-se em mim, mas era quem dirigia o passeio e os seus olhos molhados pareciam fruir todo o bestial desejo que os meus diziam. Nessas fases do amor não se conversa. Não trocamos uma frase. Eu sentia a ritmia desordenada do meu coração e o sangue em desespero. Que mulher! Que vibração! Tínhamos voltado ao jardim. Diante da entrada que fica fronteira à rua Leopoldina, ela parou, hesitou. Depois arrastou-me, atravessou a praça, metemo-nos pela rua escura e sem luz. Ao fundo, o edifício das Belas Artes era desolador e lúgubre. Apertei-a mais. Ela aconchegou-se mais. Como os seus olhos brilhavam! Atravessamos a rua Luís de Camões, ficamos bem embaixo das sombras espessas do Conservatório de Música.

Era enorme o silêncio e o ambiente tinha uma cor vagamente ruça com a treva espancada um pouco pela luz dos combustores distantes. O meu bebê gordinho e rosa parecia um esquecimento do vício naquela austeridade da noite. "Então, vamos?" — indaguei. "Para onde?" "Para a tua casa." "Ah! não, em casa não podes..." "Então por aí." "Entrar, sair, despir-me. Não sou disso!" "Que queres tu, filha? É impossível ficar aqui na rua. Daqui a minutos passa a guarda." "Que tem?" "Não é possível que nos julguem aqui para bom fim, na madrugada de cinzas. Depois, às quatro tens que tirar a máscara." "Que máscara?" "O nariz." "Ah! Sim!" E sem mais dizer puxou-me. Abracei-a. Beijei-lhe os braços, beijei-lhe o colo, beijei-lhe o pescoço. Gulosamente a sua boca se oferecia. Em torno de nós o mundo era qualquer coisa de opaco e de indeciso. Sorvi-lhe o lábio.

Mas o meu nariz sentiu o contato do nariz postiço dela, um nariz com cheiro a resina, um nariz que fazia mal. "Tira o nariz!" Ela segredou: "Não! não! custa tanto a colocar!" Procurei não tocar no nariz tão frio naquela carne de chama.

O pedaço de papelão, porém, avultava, parecia crescer, e eu sentia um mal-estar curioso, um estado de inibição esquisito. "Que diabo! Não vás agora para casa com isso! Depois não te disfarça nada." "Disfarça sim!" "Não!" procurei-lhe nos cabelos o cordão. Não tinha. Mas abraçando-me, beijando-me, o bebê de tarlatana rosa parecia uma possessa tendo pressa. De novo os seus lábios aproximaram-se da minha boca. Entreguei-me. O nariz roçava o meu, o nariz que não era dela, o nariz de fantasia. Então, sem poder resistir, fui aproximando a mão, aproximando, enquanto com a esquerda a enlaçava mais, e de chofre agarrei o papelão, arranquei-o. Presa dos meus lábios, com dois olhos que a cólera e o pavor pareciam fundir, eu tinha uma cabeça estranha, uma cabeça sem nariz, com dois buracos sangrentos atulhados de algodão, uma cabeça que era alucinadamente — uma caveira com carne...

Despeguei-a, recuei num imenso vômito de mim mesmo. Todo eu tremia de horror, de nojo. O bebê de tarlatana rosa emborcara no chão com a caveira voltada para mim, num choro que lhe arregaçava o beiço mostrando singularmente abaixo do buraco do nariz os dentes alvos. "Perdoa! Perdoa! Não me batas. A culpa não é minha! Só no Carnaval é que eu posso gozar. Então, aproveito, ouviste? Aproveito. Foste tu que quiseste..."

Sacudi-a com fúria, pu-la de pé num safanão que a devia ter desarticulado. Uma vontade de cuspir, de lançar apertava-me a glote, e vinha-me o imperioso desejo de esmurrar aquele nariz, de quebrar aqueles dentes, de matar aquele atroz reverso da Luxúria... Mas um apito trilou. O guarda estava na esquina e olhava-nos, reparando naquela cena da semitreva. Que fazer? Levar a caveira ao posto policial? Dizer a todo o mundo que a beijara? Não resisti. Afastei-me, apressei o passo e ao chegar ao largo inconscientemente deitei a correr como um louco para a casa, os queixos batendo, ardendo em febre.

Quando parei à porta para tirar a chave, é que reparei que a minha mão direita apertava uma pasta oleosa e sangrenta. Era o nariz do bebê de tarlatana rosa...

Heitor de Alencar parou, com o cigarro entre os dedos, apagado. Maria de Flor mostrava uma contração de horror na face e o doce Anatólio parecia mal. O próprio narrador tinha a camarinhar-lhe a fronte gotas de suor. Houve um silêncio agoniento. Afinal o barão Belfort ergueu-se, tocou a campainha para que o criado trouxesse refrigerantes e resumiu:

— Uma aventura, meus amigos, uma bela aventura. Quem não tem do Carnaval a sua aventura? Esta é pelo menos empolgante.

E foi sentar-se ao piano.

***

Lima Barreto
(1881-1922)

Cronista, contista, romancista e jornalista, Afonso Henriques de Lima Barreto não tinha freios quando o assunto era crítica. De racismo a feminicídio, passando pela Primeira República e pelo inflado ego masculino, Lima Barreto, visionário que era, levantava o desconforto necessário para que o leitor fizesse um exercício de reflexão. Nunca conseguiu sua cadeira de imortal na Academia Brasileira de Letras embora seu talento automaticamente lhe garantisse um lugar. Morreu solitário, em um hospício, entregue ao álcool e ao amargor da vida.

Para a nossa coletânea, escolhemos três de seus menos famosos textos, com a intenção de provar a genialidade de um escritor menosprezado pela elite social e cultural do Brasil até recentemente. A escolha também não foi feita ao acaso já que ela retrata tópicos que, infelizmente, não deixaram de fazer parte do cenário nacional.

Na crônica "Não as matem", publicada em 1915, Lima Barreto relata dois feminicídios que aconteceram no Carnaval. Com a ideia da permissividade que essa época traz, a atrocidade parece perder parte de sua gravidade e, de maneira visionária, o autor implora que o leitor reflita sobre a dicotomia paradoxal "casamento x livre arbítrio" e como o homem não consegue lidar com recusas e com a sua "honra ferida", tendo, portanto, uma falsa e violenta ideia sobre o seu domínio do corpo e das vontades femininas.

Também de 1915, é a crônica "O morcego". Nela, a ideia assustadora e diabólica do morcego assume controle a partir do momento em que a seriedade e as regras do cotidiano metódico e disciplinado são invertidas, fazendo com que o leitor perceba que o brasileiro espera a época carnavalesca como forma de subverter o sistema. A crítica caminha justamente sobre a falsa ilusão de que essa subversão é a única trilha da felicidade, pois as máscaras devem permanecer intactas durante o resto do ano, provando que o Brasil é um país de mazelas escondidas e com as quais o seu povo não gosta de lidar.

Em "Cló", conto publicado em 1920, no livro *Histórias e Sonhos*, a simbologia da segunda-feira de Carnaval unida à do jacaré, animal traiçoeiro, que transita entre dois mundos

– terreno e aquático – e à do leite, representante da pureza que ganha um sabor erótico aqui, garantem ao leitor o real significado dos fatos retratados na trama. A fome de poder financeiro e social, nesta crônica, é o principal alvo da crítica barretiana, ácida, irônica e paradoxal. Além dessa crítica, a escrita propositalmente ambígua dos sentimentos enrustidos do pai de Cló permite que o leitor ultrapasse os fatos e chegue a conclusões sombrias sobre aquele que deveria ser o protetor – e não vendedor – da filha. O fim do conto não deixa dúvidas: vender a alma e o corpo é, talvez, a única forma de ascensão na Primeira República.

***

Não as matem

Lima Barreto

Esse rapaz que, em Deodoro, quis matar a ex-noiva e suicidou-se em seguida, é um sintoma da revivescência de um sentimento que parecia ter morrido no coração dos homens: o domínio, *quand même*, sobre a mulher.

O caso não é único. Não há muito tempo, em dias de carnaval, um rapaz atirou sobre a ex-noiva, lá pelas bandas do Estácio, matando-se em seguida. A moça com a bala na espinha, veio morrer, dias após, entre sofrimentos atrozes.

Um outro, também, pelo carnaval, ali pelas bandas do ex-futuro Hotel Monumental, que substituiu com montões de pedras o vetusto Convento da Ajuda, alvejou a sua ex-noiva e matou-a.

Todos esses senhores parece que não sabem o que é a vontade dos outros.

Eles se julgam com o direito de impor o seu amor ou o seu desejo a quem não os quer. Não sei se se julgam muito diferentes dos ladrões à mão armada; mas o certo é que estes não nos arrebatam senão o dinheiro, enquanto esses tais noivos assassinos querem tudo que é de mais sagrado em outro ente, de pistola na mão.

O ladrão ainda nos deixa com vida, se lhe passamos o dinheiro; os tais passionais, porém, nem estabelecem a alternativa: a bolsa ou a vida. Eles, não; matam logo.

Nós já tínhamos os maridos que matavam as esposas adúlteras; agora temos os noivos que matam as ex-noivas.

De resto, semelhantes cidadãos são idiotas. É de supor que, quem quer casar, deseje que a sua futura mulher venha para o tálamo conjugal com a máxima liberdade, com a melhor boa vontade, sem coação de espécie alguma, com ardor até, com ânsia e grandes desejos; como e então que se castigam as moças que confessam não sentir mais pelos namorados amor ou coisa equivalente?

Todas as considerações que se possam fazer, tendentes a convencer os homens de que eles não têm sobre as mulheres domínio outro que não aquele que venha da afeição, não devem ser desprezadas.

Esse obsoleto domínio à valentona, do homem sobre a mulher, é coisa tão horrorosa, que enche de indignação.

O esquecimento de que elas são, como todos nós, sujeitas, a influências várias que fazem flutuar as suas inclinações, as suas amizades, os seus gostos, os seus amores, é coisa tão estúpida, que, só entre selvagens deve ter existido.

Todos os experimentadores e observadores dos fatos morais têm mostrado a inanidade de generalizar a eternidade do amor.

Pode existir, existe, mas, excepcionalmente; e exigi-la nas leis ou a cano de revólver, é um absurdo tão grande como querer impedir que o sol varie a hora do seu nascimento.

Deixem as mulheres amar à vontade.

Não as matem, pelo amor de Deus!

***

O morcego

Lima Barreto

O carnaval é a expressão da nossa alegria. O ruído, o barulho, o tantã espancam a tristeza que há nas nossas almas, atordoam-nos e nos enchem de prazer.

Todos nós vivemos para o carnaval. Criadas, patroas, doutores, soldados, todos pensamos o ano inteiro na folia carnavalesca.

O zabumba é que nos tira do espírito as graves preocupações da nossa árdua vida.

O pensamento do sol inclemente só é afastado pelo regougar de um qualquer "Iaiá me deixe".

Há para esse culto do carnaval sacerdotes abnegados.

O mais espontâneo, o mais desinteressado, o mais lídimo é certamente o "Morcego".

Durante o ano todo, Morcego é um grave oficial da Diretoria dos Correios, mas, ao aproximar-se o carnaval, Morcego sai de sua gravidade burocrática, atira a máscara fora e sai para a rua.

A fantasia é exuberante e vária, e manifesta-se na modinha, no vestuário, nas bengalas, nos sapatos e nos cintos.

E então ele esquece tudo: a Pátria, a família, a humanidade. Delicioso esquecimento!... Esquece e vende, dá, prodigaliza alegria durante dias seguidos.

Nas festas da passagem do ano, o herói foi o Morcego.

Passou dois dias dizendo pilhérias aqui; pagando ali; cantando acolá, sempre inédito, sempre novo, sem que as suas dependências com o Estado se manifestassem de qualquer forma.

Ele então não era mais a disciplina, a correção, a lei, o regulamento; era o coribante inebriado pela alegria de viver. Evoé, Bacelar!

Essa nossa triste vida, em país tão triste, precisa desses videntes de satisfação e de prazer; e a irreverência da sua alegria, a energia e atividade que põem em realizá-la, fazem vibrar as massas panurgianas dos respeitadores dos preconceitos.

Morcego é uma figura e uma instituição que protesta contra o formalismo, a convenção e as atitudes graves.

Eu o bendisse, amei-o, lembrando-me das sentenças falsamente proféticas do sanguinário positivismo do Senhor Teixeira Mendes.

A vida não se acabará na caserna positivista enquanto os "morcegos" tiverem alegria...

***

Cló

Lima Barreto

A Alexandre Valentim

Devia ser já a terceira pessoa que lhe sentava à mesa. Não lhe era agradável aquela sociedade com desconhecidos; mas que fazer naquela segunda-feira de Carnaval, quando as confeitarias têm todas as mesas ocupadas e as cerimônias dos outros dias desfazem-se, dissolvem-se?

Se as duas primeiras pessoas eram desajeitados sujeitos sem atrativos, o terceiro conviva resgatava todo o desgosto causado pelos outros. Uma mulher formosa e bem tratada é sempre bom ter-se à vista, embora sendo desconhecida, ou, talvez, por isso mesmo...

Estava ali o velho Maximiliano esquecido, só moendo cismas, bebendo cerveja, obediente ao seu velho hábito. Se fosse um dia comum, estaria cercado de amigos; mas os homens populares, como ele, nunca o são nas festas populares. São populares a seu jeito, para os frequentadores das ruas célebres, cafés e confeitarias, nos dias comuns; mas nunca para a multidão que desce dos arrabaldes, dos subúrbios, das províncias vizinhas, abafa aqueles e como que os afugenta. Contudo não se sentia deslocado...

A quinta garrafa já se esvaziara e a sala continuava a encher-se e a esvaziar- se, a esvaziar-se e a encher-se. Lá fora, o falsete dos mascarados em trote, as longas cantilenas dos cordões, os risos e as músicas lascivas enchiam a rua de sons e ruídos desencontrados e, dela, vinha à sala uma satisfação de viver, um frêmito de vida e de luxúria que convidava o velho professor a ficar durante mais tempo bebendo, afastando o momento de entrar em casa.

E esse frêmito de vida e luxúria que faz estremecer a cidade nos três dias de sua festa clássica, naquele momento, diminuía-lhe muito as grandes mágoas de sempre e, sobretudo, aquela teimosa e pequenina de hoje. Ela o pusera assim macambúzio e isolado, embora mergulhado no turbilhão de riso, de alegria, de rumor, de embriaguez e luxúria dos outros, em segunda-feira gorda. O "jacaré" não dera e muito menos a centena. Esse capricho da sorte tirava-lhe a esperança de um conto e pouco — doce esperança que se esvaía amargosamente naquele crepúsculo de galhofa e prazer.

E que trabalho não tivera ele, doutor Maximiliano, para fazê-la brotar no seu peito, logo nas primeiras horas do dia! Que chusmas de interpretações, de palpites, de exames cabalísticos! Ele bem parecia um áugure romano que vem dizer ao cônsul se deve ou não oferecer batalha...

Logo que ela lhe assomou aos olhos, como não lhe pareceu certo aquele navegar precavido dentro do nevoento mar do Mistério, marcando rumo para aquele ponto — o "jacaré" — onde encontraria sossego, abrigo, durante alguns dias!

E agora, passado o nevoeiro, onde estava?... Estava ainda em mar alto, já sem provisões quase, e com débeis energias para levar o barco a salvamento... Como havia de comprar bisnagas, confetes, serpentinas, alugar automóvel? E — o que era mais grave — como havia de pagar o vestido de que a filha andava precisada, para se mostrar sábado próximo, na rua do Ouvidor, em toda a plenitude de sua beleza, feita (e ele não sabia como) da rija carnadura de Itália e de uma forte e exótica exalação sexual...

Como havia de dar-lhe o vestido?

Com aquele seu olhar calmo em que não havia mais nem espanto, nem reprovação, nem esperança, o velho professor olhou ainda a sala tão cheia, por aquelas horas, tão povoada e animada de mocidade, de talento e de beleza. Ele viu alguns poetas conhecidos, quis chamá-los, mas, pensando melhor, resolveu continuar só.

O velho doutor Maximiliano não cansou de observar,

um por um, aqueles homens e aquelas mulheres, homens e mulheres cheios de vícios e aleijões morais; e ficou um instante a pensar se a nossa vida total, geral, seria possível sem os vícios que a estimulavam, embora a degradem também.

Por esse tempo, então, notou ele a curiosidade e a inveja com que um grupo, de modestas meninas dos arrabaldes, examinava a *toilette* e os ademanes das mundanas presentes.

Na sua mesa, atraindo-lhes os olhares, lá estava aquela formosa e famosa Eponina, a mais linda mulher pública da cidade, produto combinado das imigrações italiana e espanhola, extraordinariamente estúpida, mas com um olhar de abismo, cheio de atrações, de promessas e de volúpia.

E o velho lente olhava tudo aquilo pausadamente, com a sua indulgência de infeliz, quando lhe veio o pensar na casa, naquele seu lar, onde o luxo era uma agrura, uma dor, amaciada pela música, pelo canto, pelo riso e pelo álcool.

Pensou, então, em sua filha, Clôdia — a Cló, em família — em cujo temperamento e feitio de espírito havia estofo de uma grande hetaira. Lembrou-se com casta admiração de sua carne veludosa e palpitante, do seu amor às danças lúbricas, do seu culto à *toilette* e ao perfume, do seu fraco senso moral, do seu gosto pelos licores fortes; e, de repente e por instantes, ele a viu coroada de hera, cobrindo mal a sua magnífica nudez, com uma pele mosqueada, o ramo de tirso erguido, dançando, religiosamente bêbeda, cheia de fúria sagrada de bacante: "Evoé! Baco!".

E essa visão antiga lhe passou pelos olhos, quando a Eponina ergueu-se da mesa, tilintando as pulseiras e berloques caros, chamando muito a atenção de Mme. Rego da Silva que, em companhia do marido e da sua extremosa amiga Dulce, amante de ambos, no dizer da cidade, tomavam sorvetes, numa mesa ao longe.

O doutor Maximiliano, ao ver aquelas joias e aquele vestido, voltou a lembrar-se de que o "jacaré" não dera; e refletiu, talvez com profundeza, mas certo com muita amargura, sobre a má organização da nossa sociedade. Mas não foi adiante e procurou decifrar o problema da sua multiplicação em Cló, tão maravilhosa e tão rara. Como é que ele tinha posto no mundo um exemplar de mulher assaz vicioso e delicado como era a filha? De que misteriosa célula sua saíra aquela floração exuberante de fêmea humana? Vinha dele ou da mulher? De ambos? Ou de sua mulher só, daquela sua carne apaixonada e sedenta que trepidava quando lhe recebia as lições de piano, na casa dos pais?

Não pôde, porém, resolver o caso. Aproximava-se o doutor André, com o seu rosto de ídolo peruano, duro, sem mobilidade alguma na fisionomia, acobreada, onde o ouro do aro do *pince-nez* reluzia fortemente e iluminava a barba sedosa.

Era um homem forte, de largos ombros, musculoso, tórax saliente, saltando; e, se bem tivesse as pernas arqueadas, era assim mesmo um belo exemplar da raça humana.

Lamentava-se que ele fosse um bacharel vulgar e um deputado obscuro. A sua falta de agilidade intelectual, de maleabilidade, de ductilidade, a sua fraca capacidade de abstração e débil poder de associar ideias não impediam fosse ele deputado e bacharel. Ele seria rei, estaria no seu quadro natural, não na câmara, mas remando em ubás ou igaras nos nossos grandes rios ou distendendo aqueles fortes arcos de iri que despejam frechas ervadas com curaro.

Era o seu último amigo, entretanto o mais constante comensal de sua mesa luculesca.

Deputado, como já ficou dito, e rico, representava, com muita galhardia e liberalidade, uma feitoria mansa do Norte, nas salas burguesas; e, apesar de casado, a filha do antigo professor, a lasciva Cló, esperava casar-se com ele, pela religião do Sol, um novo culto recentemente fundado por um agrimensor ilustrado e sem emprego.

O velho Maximiliano nada de definitivo pensava sobre tais projetos; não os aprovava, nem os reprovava. Limitava-se a pequenas reprimendas sem convicção, para que o casamento não fosse efetuado sem a bênção do sacerdote do Sol ou de outro qualquer.

E se isto fazia, era para não precipitar as coisas; ele gostava dos desdobramentos naturais e encadeados, das passagens suaves, das inflexões doces, e detestava os saltos bruscos de um estado para o outro.

— Então, doutor, ainda por aqui? fez o rico parlamentar sentando-se.

— É verdade, respondeu-lhe o velho. Estou fazendo o meu sacrifício, rezando a minha missa... É a quinta... Que toma, doutor?

— Um "madeira"... Que tal o Carnaval?

— Como sempre.

E, depois, voltando-se para o caixeiro:

— Outra cerveja e um "madeira", aqui, para o doutor. Olha: leva a garrafa. O caixeiro afastou-se, levando a garrafa vazia e o doutor André perguntou:

— Dona Isabel não veio?

— Não. Minha mulher não gosta das segundas-feiras de Carnaval. Acha-as desenxabidas... Ficaram, ela e a Cló, em casa a se prepararem para o baile à fantasia na casa dos Silvas... Quer ir?

— O senhor vai?

— Não, meu caro senhor; do Carnaval, eu só gosto dessa barulhada da rua, dessa música selvagem e sincopada de reco-recos, de pandeiros, de bombos, desse estrídulo de fanhosos instrumentos de metais... Até do bombo gosto, mais nada! Essa barulhada faz-me bem à alma. Não irei... Agora, se o doutor quer ir... Cló vai de preta mina.

—Deve-lhe ficar muito bem... Não posso ir; entretanto, irei à sua casa para ver a sua senhora e a sua filha fantasiadas. O senhor devia também ir...

— Fantasiado?

— Que tinha?

— Ora, doutor! eu ando sempre com a máscara no rosto.

E sorriu leve com amargura; o deputado pareceu não compreender e observou:

— Mas a sua fisionomia não é tão decrépita assim...

Maximiliano ia objetar qualquer coisa quando o caixeiro chegou com as bebidas, ao tempo em que Mme. Rego da Silva e o marido levantaram-se com a pequena Dulce, amante de ambos, no dizer da cidade em peso.

O parlamentar olhou-os bastante com o seu seguro ar de quem tudo pode. Ouviu que ao lado diziam — à passagem dos três: *ménage à trois*. A sua simplicidade provinciana não compreendeu a maldade e logo dirigiu-se ao velho professor:

— Jantam em casa?

— Jantamos; e o doutor não quer jantar conosco?

— Obrigado. Não me é possível ir hoje... Tenho um compromisso sério... Mas fique certo que, antes de saírem, lá irei tomar um uisquezinho... Se me permite?

— Oh! doutor! O senhor é nosso melhor amigo. Não imagina como todos lá falam no senhor. Isabel levanta-se a pensar no doutor André; Cló, essa, nem se fala! Até o Caçula, quando o vê, não late; faz-lhe festas, não é?

— Como isso me cumula de...

— Ainda há dias, Isabel me disse: Maximiliano, eu nunca bebi um Chambertin como esse que o doutor André nos mandou... O meu filho, o Fred, sabe até um dos seus discursos de cor; e, de tanto repeti-lo, creio que sei de memória vários trechos dele.

A face rígida do ídolo, com grande esforço, abriu-se um pouco; e ele disse, ao jeito de quem quer o contrário:

— Não vá agora recitá-lo.

— Certo que não. Seria inconveniente; mas não estou impedido de dizer, aqui, que o senhor tem muita imaginação, belas imagens e uma forma magnífica.

— Sou principiante ainda, por isso não me fica mal aceitar o elogio e agradecer a animação.

Fez uma pausa, tomou um pouco de vinho e continuou em tom conveniente:

— O senhor sabe perfeitamente que espécie de força me prende aos seus... Um sentimento acima de mim, uma solicitação, alguma coisa a mais que os senhores puseram na minha vida...

— Pois então, interrompeu cheio de comoção o doutor Maximiliano: à nossa!

Ergueu o copo e ambos tocaram os seus, reatando o parlamentar a conversa desta maneira:

— Deu aula hoje?

— Não. Desci para espairecer e "cavar". É dura esta vida... "cavar"! Como é triste dizer-se isto! Mas que se há de fazer? Ganha-se uma miséria...

Um professor com oitocentos mil-réis o que é? Tem-se a família, representação... uma miséria! Ainda agora, com tantas difculdades, é que Cló deu em tomar banhos de leite...

— Que ideia! Onde aprendeu isso?

— Sei lá! Ela diz que tem não sei que propriedades, certas virtudes... O diabo é que tenho de pagar uma conta estupenda no leiteiro... São banhos de ouro, é que são! Jogo nos bichos... Hoje tinha tanta fé no "jacaré"...

O caixeiro passava e ele recomendou:

— Baldomero, outra cerveja. O doutor não toma mais um "madeira"?

— Vá lá. Ganhou, doutor?

— Qual! E não imagina que falta me fez!

— Se quer?...

— Por quem é, meu caro; deixe-se disso! Então há de ser assim todo o dia?

— Que tem!... Ora!... Nada de cerimônias; é como se recebesse de um filho...

— Nada disso... Nada disso...

Fingindo que não entendia a recusa, o doutor André foi retirando da carteira uma bela nota, cujo valor nas algibeiras do doutor Maximiliano fez-lhe esquecer em muito a sua desdita no "jacaré".

O deputado ainda esteve um pouco; em breve, porém, se despediu, reiterando a promessa de que iria até à casa do professor, para ver as duas senhoras fantasiadas.

O doutor Maximiliano bebeu ainda uma cerveja e, acabada que foi a cerveja, saiu vagarosamente um tanto trôpego.

A noite já tinha caído de há muito. Era já noite fechada. Os cordões e os bandos carnavalescos continuavam a passar, rufando, batendo, gritando desesperadamente. Homens e mulheres de todas as cores — os alicerces do país — vestidos de meia, canitares e enduapes de penas multicores, fingindo índios, dançavam na frente ao som de uma zabumbada africana, tangida com fúria em instrumentos selvagens, roufenhos, uns, estridentes, outros. As danças tinham luxuriosos requebros de quadris, uns caprichosos trocar de pernas, umas quedas imprevistas.

Aqueles fantasiados tinham guardado na memória

muscular velhos gestos dos avoengos, mas não mais sabiam coordená-los nem a explicação deles. Eram restos de danças guerreiras ou religiosas dos selvagens de onde a maioria deles provinha, que o tempo e outras influências tinham transformado em palhaçadas carnavalescas...

Certamente, durante os séculos de escravidão, nas cidades, os seus antepassados só se podiam lembrar daquelas cerimônias de suas aringas ou tabas, pelo carnaval. A tradição passou aos filhos, aos netos, e estes estavam ali a observá-la com as inevitáveis deturpações.

Ele, o doutor Maximiliano, apaixonado amador de música, antigo professor de piano, para poder viver e formar-se, deteve-se um pouco, para ouvir aquelas bizarras e bárbaras cantorias, pensando na pobreza de invenção melódica daquela gente. A frase, mal desenhada, era curta, logo cortada, interrompida, sacudida pelos rufos, pelo ranger, pelos guinchos de instrumentos selvagens e ingênuos. Um instante, ele pensou em continuar uma daquelas cantigas, em completá-la; e a ária veio-lhe inteira, ao ouvido, provocando o antigo professor de música a fazer parar o "Chuveiro de Ouro", a fim de ensinar-lhes, aos cantores, o que a imaginação lhe havia trazido à cabeça naquele momento.

Arrependeu-se que tivesse feito gostar daquela barulhada; porém, o amador de música vencia o homem desgostoso. Ele queria que aquela gente entoasse um hino, uma cantiga, um canto com qualquer nome, mas que tivesse regra e beleza. Mas — logo imaginou — para quê? Corresponderia a música mais ou menos artística aos pensamentos íntimos deles? Seria mesmo a expansão dos seus sonhos, fantasias e dores?

E, devagar, se foi indo pela rua em fora, cobrindo de simpatia toda a puerilidade aparente daqueles esgares e berros, que bem sentia profundos e próprios daquelas criaturas grosseiras e de raças tão várias, mas que encontravam naquele vozerio bárbaro e ensurdecedor meio de fazer porejar os seus sofrimentos de raça e de indivíduo e exprimir também as suas ânsias de felicidade.

Encaminhou-se direto para a casa. Estava fechada; mas havia luzes na sala principal, onde tocavam e dançavam.

Atravessou o pequeno jardim, ouvindo o piano. Era sua mulher quem tocava; ele o adivinhava pelo seu *velouté*, pela maneira de ferir as notas, muito docemente, sem deixar quase perceber a impulsão que os dedos levavam. Como ela tocava aquele tango! Que paixão punha naquela música inferior!

Lembrou-se então dos "cordões", dos "ranchos", das suas cantilenas ingênuas e bárbaras, daquele ritmo especial a elas que também perturbava sua mulher e abrasava sua filha. Por que caminho lhes tinha chegado ao sangue e à carne aquele gosto, aquele pendor por tais músicas? Como havia correlação entre elas e as almas daquelas duas mulheres?

Não sabia ao certo; mas viu em toda a sociedade complicados movimentos de trocas e influências — trocas de ideias e sentimentos, de influências e paixões, de gostos e inclinações.

Quando entrou, o piano cessava e a filha descansava, no sofá, a fadiga da dança lúbrica que estivera ensaiando com o irmão. O velho ainda ouviu indulgentemente o filho dizer:

— É assim que se dança nos Democráticos.

Cló, logo que o viu, correu a abraçá-lo e, abraçada ao pai, perguntou:

— André não vem?

— Virá.

Mas, logo, em tom severo, acrescentou:

— Que tem você com André?

— Nada, papai; mas ele é tão bom...

Quis Maximiliano ser severo; quis apossar-se da sua

respeitável autoridade de pai de família; quis exercer o velho sacerdócio de sacrificador aos deuses Penates; mas era cético demais, duvidava, não acreditava mais nem no seu sacerdócio nem no fundamento da sua autoridade. Ralhou, entretanto, frouxamente:

— Você precisa ter mais compostura, Cló. Veja que o doutor André é casado e isto não fica bem.

A isto, todos entraram em explicações. O respeitável professor foi vencido e convencido de que a afeição da filha pelo deputado era a coisa mais inocente e natural deste mundo. Foram jantar. A refeição foi tomada rapidamente. Fred, contudo, pôde dar algumas informações sobre os préstitos carnavalescos do dia seguinte. Os Fenianos perderiam na certa. Os Democráticos tinham gasto mais de sessenta contos e iriam pôr na rua uma coisa nunca vista. O carro do estandarte, que era um templo japonês, havia de fazer um "bruto sucesso". Demais, as mulheres eram as mais lindas, as mais bonitas... Estariam a Alice, a Charlotte, a Lolita, a Cármen...

— Ainda toma muito cloral? perguntou Cló.

— Ainda, retrucou o irmão; e emendou: vai ser uma lindeza, um triunfo, à noite, com luz elétrica, nas ruas largas...

E Cló, por instantes, mordeu os lábios, suspendeu um pouco o corpo e viu- se também, no alto de um daqueles carros, iluminada pelos fogos de bengala, recebida com palmas, pelos meninos, pelos rapazes, pelas moças, pelas burguesas e burgueses da cidade. Era o seu triunfo a meta de sua vida; era a proliferação imponderável de sua beleza em sonhos, em anseios, em ideias, em violentos desejos naquelas almas pequenas, sujeitas ao império da convenção, da regra e da moral. Tomou a cerveja, todo o copo de um hausto, limpou a espuma dos lábios e o seu ligeiro buço surgiu lindo sobre os breves lábios vermelhos. Em seguida, perguntou ao irmão:

— E essas mulheres ganham?

— Qual! Você não vê que é uma honra? respondeu-lhe o irmão.

E o jantar acabou sério e familiar, embora a cerveja e o vinho não tivessem faltado aos devotos de cada uma das duas bebidas.

Logo que a refeição acabou, talvez uns vinte minutos após, o doutor André se fazia anunciar. Desculpou-se com as senhoras; não pudera vir jantar, questões políticas, uma conferência... Pedia licença para oferecer aquelas pequenas lembranças de Carnaval. Deu uma pequena caixa a dona Isabel e uma maior à Cló. As joias saíram dos escrínios e faiscaram orgulhosamente para todos os presentes deslumbrados. Para a mãe, um anel; para a filha, um bracelete.

— Oh, doutor! fez dona Isabel. O senhor está a sacrificar-se e nós não podemos consentir nisto...

— Qual, dona Isabel! São falsas, nada valem... Sabia que dona Clódia ia de "preta mina" e lembrei-me trazer-lhe este enfeite...

Cló agradeceu sorridente a lembrança e a suave boca quis fiar demoradamente o longo sorriso de alegria e agradecimento. E voltaram a tocar. Dona Isabel pôs-se ao piano e, como tocasse depois da sobremesa, hora da melancolia e das discussões transcendentes, como já foi observado, executou alguma coisa triste.

Chegava a ocasião de se prepararem para o baile à fantasia que os Silvas davam. As senhoras retiraram-se e só ficaram, na sala, os homens, bebendo uísque. André, impaciente e desatento; o velho lente, indiferente e compassivo, contando histórias brejeiras, com vagar e cuidado; o filho, sempre a procurar caminho para exibir o seu saber em coisas carnavalescas. A conversa ia caindo, quando o velho disse para o deputado:

— Já ouviu a *Bamboula*, de Gottschalk, doutor?

— Não... Não conheço.

— Vou tocá-la.

Sentou-se ao piano, abriu o álbum onde estava a peça e começou a executar aqueles compassos de uma música negra de Nova Orleans, que o famoso pianista tinha filtrado e civilizado.

A filha entrou, linda, fresca, veludosa, de pano da costa ao ombro, trunfa, com o colo inteiramente nu, muito cheio e marmóreo, separado do pescoço modelado, por um colar de falsas turquesas. Os braceletes e as miçangas tilintavam no peito e nos braços, a bem dizer totalmente despidos; e os bicos de crivo da camisa de linho rendavam as raízes dos seios duros que mal suportavam a alvíssima prisão onde estavam retidos.

Ainda pôde requebrar, aos últimos compassos da Bamboula, sobre as chinelas que ocupavam a metade dos pés; e toda risonha sentou-se por fim, esperando que aquele Salomão de pince-nez de ouro lhe dissesse ao ouvido:

"Os teus lábios são como uma fita de escarlate; e o teu falar é doce. Assim como é o vermelho da romã partida, assim é o nácar das tuas faces; sem falar no que está escondido dentro."

O doutor Maximiliano deixou o tamborete do piano e o deputado, bem perto de Clódia, se não falava como o rei Salomão à rainha de Sabá dilatava as narinas para sorver toda a exalação acre daquela moça, que mais capitosa se fazia dentro daquele vestuário de escrava desprezada.

A sala encheu-se de outros convidados e a sessão de música veio a cair na canção e na modinha. Fred cantou e Cló, instada pelo doutor André, cantou também. O automóvel não tinha chegado; ela tinha tempo...

Dona Isabel acompanhou; e a moça, pondo tudo o que havia de sedução na sua voz, nos seus olhos pequenos e castanhos, cantou a "Canção da Preta Mina":

Pimenta-de-cheiro, jiló, quibombô;
Eu vendo barato, mi compra ioiô!

Ao acabar, era com prazer especial, cheia de dengues nos olhos e na voz, com um longo gozo íntimo que ela, sacudindo as ancas e pondo as mãos dobradas pelas costas na cintura, curvava-se para o doutor André e dizia vagamente:

Mi compra ioiô!

E repetia com mais volúpia, ainda uma vez:

Mi compra ioiô!

***

Alcântara Machado
(1901-1935)

Como advogado de formação e escritor de profissão, Antônio Castilho de Alcântara Machado d'Oliveira dedicou-se a contos e crônicas além da participação em revistas como *Revista Antropofágica* e *Terra Roxa e Outras Terras.* Pertencente a primeira fase do Modernismo brasileiro, Alcântara Machado ficou conhecido também por seu envolvimento com a política da época, tendo sido eleito deputado federal. Complicações de uma cirurgia de apêndice encerraram seu papel na literatura e na política, não lhe dando tempo de, ao menos, ser empossado e nem de terminar seu romance *Mana Maria.*

Seu conto "O mártir Jesus: Senhor Cispiano B de Jesus", publicado, pela primeira vez, em 1927, como "Conto de Carnaval", no *Jornal do Comércio*, passou a integrar *Laranja da China* (1928), um livro de contos sobre a pequena burguesia e a elite paulistana. O uso da figura de Jesus em um conto que critica os mais abastados já dá indícios claros da presença da Carnavalização. Com o nome do salvador sendo duplamente usado no nome do protagonista, ao leitor, cabe a reflexão do que significa sacrifício e até que ponto a ideia pode ser subvertida quando um pai é conscientemente submisso aos desejos da família. A simbólica cena final, com uma porta se tornando uma cruz, num ato de pequena corrupção, corrobora a ideia da permissividade do Carnaval.

***

O mártir Jesus: Senhor Cispiniano B. de Jesus

Alcântara Machado

De acordo com a tática adotada nos anos anteriores Crispiniano B. de Jesus vinte dias antes do carnaval chorou miséria na mesa do almoço perante a família reunida:

— As coisas estão pretas. Não há dinheiro. Continuando assim não sei aonde vamos parar!

Fifi que procurava na Revista da Semana um modelo de fantasia bem bataclã exclamou mastigando o palito:

— Ora, papai! Deixe disso...

A preta de cabelos cortados trouxe o café rebolando. Dona Sinhara coçou-se toda e encheu as xícaras.

— Pra mim bastante açúcar!

Crispiniano espetou o olhar no Aristides. Espetou e disse:

— Pois aí está! Ninguém economiza nesta casa. E eu que aguente o balanço sozinho!

A família em silêncio sorveu as xícaras com ruído. Crispiniano espantou a mosca do açucareiro, afastou a cadeira, acendeu um *Kiss-Me-De-Luxo*, procurou os chinelos com os pés. Só achou um.

— Quem é que levou meu chinelo daqui?

A família ao mesmo tempo espiou debaixo da mesa. Nada. Crispiniano queixou-se duramente da sorte e da vida e levantou-se.

— Não pise assim no chão, homem de Deus!

Pulando sobre um pé só foi até a salinha do piano. Jogou-se na cadeira de balanço. Começou a acariciar o pé descalço. A família sentou-se em torno com a cara da desolação.

— Pois é isso mesmo. Há espíritos nesta casa. E as coisas estão pretas. Eu nunca vi gente resistente como aquela da Secretaria! Há três anos que não morre um primeiro-escriturário!

Maria José murmurou:

— É o cúmulo!

Com o rosto escondido pelo jornal Aristides começou pausadamente:

— Falecimentos. Faleceu esta madrugada repentinamente em sua residência à Rua Capitão Salomão nº 135 o Senhor Josias de Bastos Guerra, estimado primeiro-escriturário da...

Crispiniano ficou pálido.

— Que negócio é esse? Eu não li isso não!

Fifí já estava atrás do Aristides com os olhos no jornal.

— Ora bolas! É brincadeira de Aristides, papai.

Aristides principiou uma risada irritante.

— Imbecil!

— Não sei por que...

— Imbecil e estúpido!

Da copa vieram gritos e latidos desesperados. Dona Sinhara (que ia também descompor o Aristides) foi ver o que era. E chegaram da copa então uivos e gemidos sentidos.

— O que é, Sinhara?

Não é nada. O Totônio brigando com Seu-Mé por causa do chinelo.

— Traga aqui o menino e ponha o cachorro no quintal!

O puxão nas orelhas do Totônio e a reconquista do chinelo fizeram bem a Crispiniano. Espreguiçou-se todo. Assobiou mas muito desafinado. Disse para Fifi:

— Toque aquela valsa do Nazaré que eu gosto.

— Que valsa?

— A que acaba baixinho.

Carlinhos fez o desaforo de sair tapando os ouvidos.

As meninas iam fazer o corso no automóvel das odaliscas. Ideia do Mário Zanetti pequeno da Fifi e primogênito louro do Seu Nicola da farmácia onde Crispiniano já tinha duas contas atrasadas (varizes da Sinhara e estômago do Aristides).

Dona Sinhara veio logo com uma das suas:

— No Brás eu não admito que vocês vão.

— Que é que tem demais? No carnaval tudo é permitido...

— Ah! é? Eta falta de vergonha, minha Nossa Senhora!

Maria José (segunda-secretária da Congregação das Virgens de Maria da paróquia) arriscou uma piada pronominal:

— Minha ou nossa?

— Não seja cretina!

Jogou a fantasia no chão e foi para outra sala soluçando.

Totônio gozou esmurrando o teclado.

O contínuo disse:

— Macaco pelo primeiro.

Abaixou a cabeça vencido. Sim, senhor. Sim, senhor. O papel para informar ficou para informar. Pediu licença ao diretor. E saiu com uma ruga funda na testa. As botinas rangiam. Ele parava, dobrava o peito delas erguendo-se na ponta dos pés, continuava. Chiavam. Não há coisa que incomode mais. Meteu os pés de propósito na poça barrenta. Duas fantasias de odalisca. Duas caixas de bisnaga. Contribuição para o corso. Botinas de cinquenta mil-réis. Para rangerem assim. Mais isto e mais aquilo e o resto. O resto é que é o pior. Facada doída do Aristides. Outra mais razoável do Carlinhos. Serpentina e fantasia para as crianças. Também tinham direito. Nem carro de boi chia tanto. Puxa. E outras coisas. E outras coisas que iriam aparecendo.

Entrou no Monte de Socorro Federal.

Auxiliado pela Elvira o Totônio tanta malcriação fez, abrindo a boca, pulando, batendo o pé, que convenceu Dona Sinhara.

— Crispiniano, não há outro remédio mesmo: vamos dar uma volta com as crianças.

— Nem que me paguem!

O Totônio fantasiado de caçador de esmeraldas (sugestão nacionalista do Doutor Andrade que se formara em Coimbra) e a Elvira de rosa-chá ameaçaram pôr a casa abaixo. Desataram num choro sentido quebrando a resistência comodista (pijama de linho gostoso) de Crispiniano.

— Está bem. Não é preciso chorar mais. Vamos embora. Mas só até o Largo do Paraíso.

Na Rua Vergueiro Elvira de ventarola japonesa na mão quis ir para os braços do pai.

— Faça a vontade da menina, Crispiniano.

Domingo carnavalesco. Serpentinas nos fios da Light. Negras de confete na carapinha bisnagando carpinteiros portugueses no olho. O único alegre era o gordo vestido de mulher. Pernas dependuradas da capota dos automóveis de escapamento aberto. Italianinhas de braço dado com a irmã casada atrás. O sorriso agradecido das meninas feias bisnagadas. Fileira de bondes vazios. Isso é que é alegria? Carnaval paulista.

Crispiniano amaldiçoava tudo. Uma esguichada de lança-perfume bem dentro do ouvido direito deixou o Totônio desesperado.

— Vamos voltar, Sinhara?

— Não. Deixe as crianças se divertirem mais um bocadinho só.

Elvira quis ir para o chão. Foi. Grupos parados diziam besteiras. Crispiniano com o tranco do toureiro quase caiu de quatro. E a bisnaga do Totônio estourou no seu bolso. Crispiniano ficou fulo. Dona Sinhara gaguejou revoltada. Totônio abriu a boca. Elvira sumiu.

Procura-que-procura. Procura-que-procura.

— Tem uma menina chorando ali adiante.

Sob o chorão a chorona.

— O negrinho tirou a minha ventarola.

Voltaram para casa chispando.

Terça-feira entre oito e três quartos e nove horas da noite as odaliscas chegaram do corso em companhia do sultão Mário Zanetti.

Crispiniano com um arzinho triunfante dirigiu-lhes a palavra:

— Ora até que enfim! Acabou-se, não é assim? Agora estão satisfeitas. E temos sossego até o ano que vem.

As odaliscas cruzaram olhares desalentados. O sultão fingia que não estava ouvindo.

Maria José falou:

— Nós ainda queríamos ir no baile do Primor, papai... Será possível?

— Ahn? Bai-le do Pri-mor?

Dona Sinhara perguntou também:

— Que negócio é esse?

— É uma sociedade de dança, mamãe. Só famílias conhecidas. O Mário arranjou um convite pra nós...

Deixaram o sultão todo encabulado no tamborete do piano e vieram discutir na sala de jantar.

(Famílias distintas. Não tem nada demais. As filhas de Dona Ernestina iam. E eram filhas de vereador. Aí está. Acabava cedo. Só se o Crispiniano for também. Por nada deste mundo. Ora essa é muito boa. Pai malvado. Não faltava mais nada. Falta de couro isso sim. Meninas sem juízo. Tempos de hoje. Meninas sapecas. O mundo não acaba amanhã. Antigamente — hein Sinhara? — antigamente não era assim. Tratem de casar primeiro. Afinal de contas não há mal nenhum. Aproveitar a mocidade. Sair antes do fim. É o último dia também. Olhe o remorso mais tarde. Toda a gente se diverte. São tantas as tristezas da vida. Bom. Mas que seja pela primeira e última vez. Que gozo.)

No alto da escada dois sujeitos bastante antipáticos (um até mal-encarado) contando dinheiro e o aviso de que o convite custava dez mil-réis mas as damas acompanhadas de cavalheiros não pagavam entrada.

Tal seria. Crispiniano rebocado pelo sultão e odaliscas aproximou-se já arrependido de ter vindo.

— O convite, faz favor?

— Está aqui. Duas entradas.

O mal-encarado estranhou:

— Duas? Mas o cavalheiro não pode entrar.

Ah! isso era o cúmulo dos cúmulos.

— Não posso? Não posso por quê?

— Fantasia obrigatória.

E esta agora? O sultão entrou com a sua influência de primo do segundo vice-presidente. Sem nenhum resultado. Crispiniano quis virar valente. Que é que adiantava? Fifi reteve com dificuldade umas lágrimas sinceras.

— Eu só digo isto: sozinhas vocês não entram!

O que não era mal-encarado sugeriu amável:

— Por que o senhor não aluga aqui ao lado uma fantasia?

Crispiniano passou a língua nos lábios. As odaliscas não esperaram mais nada para estremecer com pavor da explosão. Todos os olhares bateram em Crispiniano B. de Jesus. Porém Crispiniano sorriu. Riu mesmo. Riu. Riu mesmo. E disse com voz trêmula:

— Mas se eu estou fantasiado!

— Como fantasiado?

— De Cristo!

— Que brincadeira é essa?

— Não é brincadeira: é ver-da-de!

E fez uma cara tal que as portas do salão se abriram como braços (de uma cruz).

***

Mário de Andrade
(1893-1945)

Mário Raul de Morais Andrade é considerado um dos fundadores do Modernismo, e seu nome se faz presente em todas as menções à Semana da Arte Moderna, de 1922. Mário de Andrade não se dedicou apenas à literatura, mas também à música e à fotografia, o que pode ser percebido em suas obras sinestésicas e em sua escrita sensorial. O autor de *Macunaíma* deixou o mundo das Artes e da Vida aos 51 anos, devido a um ataque cardíaco, mas não sem antes ter deixado seu legado que, até hoje, é inspiração para muitos artistas – sejam eles escritores ou não.

De Mário de Andrade, a escolha foi peculiar: uma carta e um poema. A carta destinada ao seu leal amigo Manuel Bandeira, intitulada "Carnaval do Rio: perdi a vergonha, fui ordinaríssimo!", foi escrita no mesmo ano de seu poema "Carnaval Carioca", 1923, porém publicada mais de 20 anos depois na coletânea das cartas que os dois amigos trocavam. Nela, há o prenúncio da escrita do poema e uma prévia sobre o que ele seria: a dessacralização e a sensualidade cariocas carnavalescas, isto é, sua rendição à Carnavalização.

Tanto na carta quanto no poema, percebe-se a memória fotocinematográfica de Mário de Andrade, permeada pelo deslumbre que o invadiu ao conhecer o Carnaval carioca. Dentro de um espaço e de um tempo extremamente delimitados, Mário guia o leitor em uma avenida de sensações e de cheiros, tornando o divino profano e o profano, divino. É por meio da escolha de suas palavras e da maneira como elas dançam em seus dois textos que o leitor consegue ser transportado sensorialmente para o que ele descreve: o indescritível prazer que somente ocorre no Carnaval – neste caso, especificamente, o carioca.

***

Carnaval do Rio: perdi a vergonha, fui ordinaríssimo!

Mário de Andrade

De: Mário de Andrade
Para: Manuel Bandeira

[São Paulo, fevereiro de 1923]

Querido Manuel,

Não me condenes antes que me explique.

Depois perdoarás.

Foi assim. Desde que cheguei ao Rio disse aos amigos: dois dias de carnaval serão meus. Quero estar livre e só. Para gozar e observar. Na segunda-feira, passarei o dia com Manuel, em Petrópolis. Voltarei à noite para ver os meus afamados cordões.

Meu Manuel... Carnaval!... Perdi o trem, perdi a vergonha, perdi a energia... Perdi tudo. Menos minha faculdade de gozar, de delirar... Fui ordinaríssimo. Além do mais: uma aventura curiosíssima. Desculpa contar-te toda esta pornografia. Mas... Que delícia, Manuel, o carnaval do Rio! Que delícia, principalmente, meu carnaval! Se estivesses aqui, a meu lado, vendo-me o sorriso camarada, meio envergonhado, meio safado com que te escrevo: ririas. Ririas cheio de amizade e de perdão.

Nada me faz esquecer-te. Mas quem falou em esquecimentos e abandonos? Nem tu, tenho certeza disso. Foi leviandade. Criançada, nada mais. Meu cérebro acanhado, brumoso de paulista, por mais que se iluminasse em desvarios, em prodigalidades de sons, luzes, cores, perfumes, pândegas, alegria, que sei lá!, nunca seria capaz de imaginar um carnaval carioca, antes de vê-lo. Foi o que se deu. Imaginei-o paulistamente. Havia um quê de neblina, de ordem, de aristocracia nesse delírio imaginado por mim. Eis que sábado, às 13 horas, desemboco na Avenida. Santo Deus! Será possível!...

Sabes: fiquei enojado. Foi um choque terrível. Tanta vulgaridade. Tanta gritaria. Tanto, tantíssimo ridículo. Acreditei não suportar um dia a funçanata chula, bunda e tupinambá. Cafraria vilíssima, dissaborida. Última análise: "Estupidez"!

Assim julguei depois de dez minutos que não ficaria meia hora na cidade.

Mas, por isso talvez que tanto tenho sofrido dos julgamentos levianos, jurei para mim olhar sempre as coisas com amor e procurar compreendê-las antes de as julgar. Comecei a observar. Comecei a compreender. Uma conversa iluminava-me agora sobre uma ridícula baiana que há pouco vira. A pobreza de uns explicava-me a brincadeira de outros.

Admirei repentinamente o legítimo carnavalesco, o carnavalesco carioca, o que é só carnavalesco, pula e canta e dança quatro dias sem parar. Vi que era um puro! Isso me entonteceu e me extasiou. O carnavalesco legítimo, Manuel, é um puro. Nem lascivo, nem sensual. Nada disso. Canta e dança. Segui um deles uma hora talvez. Um samba num café. Entrei. Outra hora se gastou.

Manuel: sem comprar um lança-perfume, uma rodela de confete, um rolo de serpentina, diverti-me 4 noites inteiras e o que dos dias me sobrou do sono merecido.

E aí está porque não fui visitar-te.

Estou perdoado.

Sei que me perdoarás principalmente quando souberes que até parentes, moradores da rua Dona Mariana, deixei de visitar.

Principalmente quando souberes que tendo perdido tantas coisas no carnaval, não perdi a máquina fotográfica, antes cinematográfica de meu subconsciente. Aqui estou na vida quotidiana. Pois não é que ontem começaram a se revelar fotografias e fotografias dentro de mim! Pois não é que, no *écran* das folhas brancas, começou a se desenrolar o filme moderníssimo dum poema!

"Carnaval Carioca". Está saindo. Parece mesmo que estou satisfeito com ele. Será mais ou menos longo. E muito meu. Há um trechinho sobre o destino do poeta, descrevo a dona de minha aventura, rezo, canto, grito... O diabo! O menos *jeune fille* dos meus poemas. Quando estiver pronto, receberás cópia.

Me basta de carnaval.

Quero agora dizer-te quanto me agradou o carinho e a verdade do teu artigo. És muito bom e muito amigo. Muito obrigado. – Nem podes imaginar como é grande este "muito obrigado" porque não imaginas o benefício que me fazes. Eu, diretor (ex, porque já chegou o homem que eu substituía) do Conservatório, crítico gritador, homem corajoso, forte... Pura máscara! Puro carnaval! No fundo sou uma criança. Infantil. Titubeio. Duvido. Se não tivesse raiva de mim mesmo, creio que choraria.

O que vocês, rapazes do Rio, fizeram por mim, é coisa que nunca pagarei.

Trago-te comigo.

Até breve.

Até junho ver-nos-emos no Rio? Ou em Petrópolis se ainda lá estiveres.

Dessa vez nenhum carnaval me fará roer a corda.

Até breve, mais uma vez.

Mário

***

Carnaval Carioca

Mário de Andrade

A Manuel Bandeira

A fornalha estrala em mascarados cheiros silvos
Bulhas de cor bruta aos trambolhões
Setins sedas cassas fundidas no riso febril...
Brasil!
Rio de Janeiro!
Queimadas de verão!
E ao longe, do tição do Corcovado a fumarada das nuvens
[pelo céu.

Carnaval...
Minha frieza de paulista
Policiamentos interiores,
Temores da exceção...
E o excesso goitacá pardo selvagem!
Cafrarias desabaladas
Ruínas de linhas puras
Um negro dois brancos três mulatos, despudores...
O animal desembesta aos botes pinotes desengonços
No heroísmo do prazer sem máscaras supremo natural.

Tremi de frio nos meus preconceitos eruditos
Ante o sangue ardendo do povo chiba frêmito e clangor
Risadas e danças
Batuques maxixes
Jeitos de micos piricicas
Ditos pesados, graça popular...
Ris? Todos riem...

O indivíduo é caixeiro de armarinho na Gamboa.
Cama de ferro curta por demais,

Espelho mentiroso de mascate
E no cabide roupas lustrosas demais...
Dança uma joça repinicada
De gestos pinchando ridículos no ar.
Corpo gordo que nem matrona
Rebolando embolado nas saias baianas,
Braço de fora, pelanca pulando no espaço
E no decote cabeludo cascavéis sacoteando
Desritmando a forçura dos músculos viris.
Fantasiou-se de baiana,
A Baía é boa terra...
Está feliz.

Entoa atoa a toada safada
E no escuro da boca banguela
O halo dos beiços de carmim.
Vibrações em redor.
Pinhos gargalhadas assobios
Mulatos remeleixos e buduns.
Palmas. Pandeiros – Aí, baiana!
Baiana do coração!
Serpentinas que saltam dos autos em monóculos curiosos,
Este cachorro espavorido
Guarda-civil indiferente,
Fiscalizemos as piruetas...
Então só eu que vi?
Risos. Tudo aplaude. Tudo canta:
– Aí, baiana faceira,
Baiana do coração!
Ele tinha os beiços sonoros beijando se rindo
Uma ruga esquecida uma ruga longínqua
Como esgar duma angústia indistinta ignorante...

Só eu pude gozá-la.
E talvez a cama de ferro curta por demais...

Carnaval...
A baiana se foi na religião do Carnaval
Como quem cumpre uma promessa.
Todos cumprem suas promessas de gozar.
Explodem roncos roucos trilos tchique-tchiques
E o falsete enguia esguia rebejando pelo aquário multicor
Cordões de machos mulherizados,
Ingleses evadidos de pruderie,
Argentinos mascarando a admiração com desdéns superiores

Desgringolando em lenga-lenga de milonga,
Polacas de indiscutível índole nagô,
Yankees fantasiados de norteamericanos...
Coiozada emproada se aturdindo turtuveando
Entre os carnavalescos de verdade
Que pererecam pararacas em derengues meneios cantigas,
[chinfrim de gozar!

Tem outra raça ainda.
O mocinho vai fuçando o manacá naturalizado espanhola.
Ela se deixa bolinar na multidão compacta.
Por engano.
Quando aproximam dos policiais
Como ela é pura conversando com as amigas!
Pobre do solitário com chapéu caicai nos olhos!
Naturalmente é um poeta...

Eu mesmo... Eu mesmo, Carnaval...
Eu te levava uns olhos novos

Para serem lapidados em mil sensações bonitas,
Meus lábios murmurejando de comoção assustada
Haviam de ter puríssimo destino...
É que sou poeta
E na banalidade larga dos meus cantos
Fundir-se-ão de mãos dadas alegrias e tristuras, bens e males,
Todas as coisas fnitas
Em rondas aladas sobrenaturais.

Ânsia heróica dos meus sentidos
Pra acordar o segredo de seres e coisas.
Eu colho nos dedos as rédeas que param o infrene das vidas,
Sou o compasso que une todos os compassos
E com a magia dos meus versos
Criando ambientes longínquos e piedosos
Transporto em realidades superiores
A mesquinhez da realidade.
Eu bailo em poemas, multicolorido!
Palhaço! Mago! Louco! Juiz! Criancinha!
Sou dançarino brasileiro!
Sou dançarino e danço! E nos meus passos conscientes
Glorifico a verdade das coisas existentes
Fixando os ecos e as miragens.
Sou um tupi tangendo um alaúde
E a trágica mixórdia dos fenômenos terrestres
Eu celestizo em euritmias soberanas,
Oh encantamento da Poesia imortal!...

Onde que andou minha missão de poeta, Carnaval?
Puxou-me a ventania,
Segundo círculo do Inferno,
Rajadas de confetes

Hálitos diabólicos perfumes
Fazendo relar pelo corpo da gente
Semíramis Marília Helena Cleópatra e Francesca.
Milhares de Julietas!
Domitilas fantasiadas de cow-girls,
Isoldas de pijamas bem franceses,
Alsacianas portuguesas holandesas...
Geografa!
Eh liberdade! Pagodeira grossa! É bom gozar!
Levou a breca o destino do poeta,
Barreei meus lábios com o carmim doce dos dela...
Teu amor provinha de desejos irritados,
Irritados como os morros do nascente nas primeiras horas
[da manhã
Teu beijo era como o grito da araponga.
Me alumeava atordoava com o golpe estridente viril.
Teu abraço era como a noite dormida na rede
Que traz o dia de membros moles mornos de torpor.
Te possuindo, eu me alimentei com o mel dos guapurus,
Mel ácido, mel que não sacia,
Mel que dá sede quando as fontes estão muitas léguas além,
Quando a soalheira é mais desoladora
E o corpo mais exausto.

Carnaval...
Porém nunca tive intenção de escrever sobre ti...
Morreu o poeta e um gramofone escravo
Arranhou discos de sensações...

I
Em baixo do Hotel Avenida em 1923
Na mais pujante civilização do Brasil

Os negros sambando em cadência.
Tão sublime, tão áfrica!
A mais moça bulcão polido ondulações lentas lentamente
Com as arrecadas chispando raios glaucos ouro na luz peluda
[de pó.
Só as ancas ventre dissolvendo-se em vaivens de ondas em cio.
Termina se benzendo religiosa talqualmente num ritual.

E o bombo gargalhante de tostões.
Sincopa a graça da danada.

II
Na capota franjada com xale chinês
Amor curumim abre as asas de ruim papelão.
Amor abandonou as setas sem prestígio
E se agarra na cinta fecunda da mãe.
Vênus Vitoriosa emerge de ondas crespas serpentinas,
De ondas encapeladas por mexicanos e marqueses cavalgando
[auto perseguidores.
– Quero ir para casa, mamãe!

Amor com medo dos desejos…

III
O casal jovem rompendo a multidão.
O bando de mascarados de supetão em bofetadas de confetes
[na mulher.
– Olhe só a boquinha dela!
– Ria um pouco, beleza!
– Come do meu!
O marido esperou (com paciência) que a esposa se
[desvencilhasse do bando de máscaras

E lá foram rompendo a multidão.
Ela apertava femininamente contra o seio o braço protetor do
[Esposo.
Do esposo recebido ante a imponência catedrática da Lei
E as bênçãos invisíveis – extraviadas? – do Senhor...

Meu Deus...
Onde que jazem suas atrações?
Pra que lados de fora da Terra
Fugiu a paz das naves religiosas
E a calma boa de rezar ao pé da cruz?
Reboa o batuque.
São priscos risadas
São almas farristas
Aos pinchos e guinchos
Cambateando na noite estival.
Pierrots-fêmeas em calções mais estreitos que as pernas,
Gambiarras iluminadas!
Oblatas de confetes no ar,
Incenso e mirra marca Rodo nacional
Açulam raivas de gozar.

O cabra enverga fraque de cetim verde no esqueleto.
Magro magro asceta de longos jejuns difcílimos.
Jantou gafanhotos.
E gesticula fala canta.
Prédicas de meu Senhor...
Será que vai enumerar teus pecados e anátemas justos?
A boca dele vai florir de bênçãos e perdões...
Porém de que lados de fora da Terra
Falam agora as tuas prédicas?
Quedê teus padres?

Quedê teus acerbispos purpurinos?
Quedele o tempo em que Felipe Neri
Sem fraque de cetim verde no esqueleto
Agarrava a contar as parábolas lindas
De que os padres não se lembram mais?
Por onde pregam os Sumés de meu Senhor?
Aqueles a quem deixaste a tua Escola
Fingem ignorar que gostamos de parábolas lindas,
E todos nos pusemos sapateando histórias de pecado
Porque não tinha mais histórias pra escutar...

Senhor! Deus bom, Deus grande sobre a terra e sobre o mar.
Grande sobre a alegria e o esquecimento humano.
Vem de novo em nosso rancho, Senhor!
Tu que inventaste as asas alvinhas dos anjos
E a fgura batuta de Satanás;
Tu, tão humilde e imaginoso
Que permitiste Isis guampuda nos templos do Nilo,
Que indicaste a bandeira triunfal de Dionísio pros gregos
E empinaste Tupã sobre os Andes da América...

Aleluia!
Louvemos o Criador com os sons dos saxofones arrastados,
Louvemo-Lo com os salpicos dos xilofones nítidos!
Louvemos o Senhor com os riscos dos recorrecos e os estouros
[do tantã,
Louvemo-Lo com a instrumentarada crespa do jazz-band!
Louvemo-Lo com os violões de cordas de tripa e as cordeonas
[imigrantes,
Louvemo-Lo com as flautas dos choros mulatos e os
[cavaquinhos de serestas ambulantes!
Louvemos O que permanece através das festanças virtuosas

[e dos gozos ilegítimos!
Louvemo-Lo sempre e sobre tudo! Louvemo-Lo com todos
[os instrumentos e todos os ritmos!...

Vem de novo em nosso rancho, Senhor!
Descobrirei no colo dengoso da Serra do Mar
Um derrame no verde mais claro do vale,
Arrebanharei os cordões do carnaval
E pros carlitos marinheiros gigoletes e arlequins
Tu contarás de novo com tua voz que é ver o leite
Essas histórias passadas cheias de bons samaritanos,
Dessas histórias cotubas em que Madalena atapetava com os
[cabelos o teu chão...

...pacapacapacapão!... pacapão! pão! pão!...

Pão e circo!
Roma imperial se escarrapacha no anfteatro da Avenida.
Os bandos passam coloridos,
Gesticulam virgens,
Semivirgens,
Virgens em todas as frações
Num desespero de gozar.

Homens soltos
Mulheres soltas
Mais duas virgens fuxicando o almofadinha
Maridos camaradas
Mães urbanas
Meninos
Meninas
Meninos

O de dois anos dormindo no colo da mãe...
– Não me aperte!
– Desculpe, madama!
Falsetes em desarmonia
Coros luzes serpentinas serpentinas
Matusalém cirandas Breughel
– Diacho!
Sambas bumbos guizos serpentinas serpentinas...
E a multidão compacta se aglomera aglutina mastiga em
[aproveitamento brincadeiras asfxias desejadas delírios
[sardinhas desmaios
Serpentias serpentinas coros luzes sons
E sons!

YAYÁ, FRUTA-DO-CONDE
CASTANHA-DO-PARÁ!...

Yayá, fruta-do-conde,
Castanha-do-Pará!...

O préstito passando.

Bandos de clarins em cavalos fogosos.
Utiaritis aritis assoprando cornetas sagradas.
Fanfarras fanfarrans
fenrerrens
fnfrrins...
Forrobodó de cuia!
Vitória sobre a civilização! Que civilização?... É Baco

É Baco num carro feito de ouro e de mulheres
E dez perelhas de bestas imorais,

Tudo aplaude guinchos berros,
E sobre o Etna de loucuras e pólvoras
Os Tenentes do Diabo.
Alegorias, críticas, paródias
Palácios bestas do fundo do mar
Os aluguéis se elevam...
Os senhorios exigentes...
Cães infames! malditos!...

... Eu enxerguei com estes meus olhos que inda a Terra há de comer
Anteontem as duas mulheres se fantasiando de lágrimas
A mais nova amamentava o esqueletinho.
Quatro barrigudinhos sem infância,
Os trastes sem aconchego
No lar-de-todos da rua...
O Solzão ajudava a apoteose
Com o despejo das cores e calores...
Segue o préstimo numa via-láctea de esplendores.
Presa num palanquim de ônix e pórfro...
Ôta, morena boa!
Os olhos dela têm o verde das florestas,
Todo um Brasil de escravos banzo sensualismos,
Índios nus balanceando na terra das tabas,
Cauim curare cachiri
Cajás... Ariticuns... Pele de Sol!
Minha vontade por você serpentinando...

O préstito se vai.

Os blocos se amontoam me afastando de você...
Passa a Flor do Abacate,

Passa o Miséria e Fome, o Ameno Rosedá...
O préstito se vai...
Você também se foi rindo pros outros,
Senhora dona ingrata
Coberta de ouro e prata...

Esfuzios de risos...
Arrancos de metais...
O schlschlsch monótono das serpentinas...

Monótono das serpentinas...

E a surpresa do fim: Fadiga de gozar.

Claros em torno da gente.
Bolas de fitas de papel rolando pelo chão.
Manchas de asfalto.
Os corpos adquirem de novo as sombras deles.
Tem lugares no bar.
As árvores pousam de novo no chão graciosas ordenadas,
Os palácios começam de novo subindo no céu...

Quatro horas da manhã.
Nos clubes nas cavernas
Inda se ondula vagamente no maxixe.
Os corpos se unem mais.
Tem cinzas na escureza indecisa da arraiada.
Já é quarta-feira no Passeio Público.
Numa sanha final
Os varredores carnavalizam as brisas da manhã
Com poeiras perfumadas e cromáticas.
Peri triste sentou na beira da calçada.
O carro-chefe dos Democráticos

Sem a falação do estandarte
Sem vida, sem mulheres
Senil buscando o barracão.
Democraticamente...
Aurora... Tchim! Um farfalhar de plumas áureas no ar.
E as montanhas que nem tribos de guaianás em rapinas de luz.

Com seus cocares de penas de tucano.

O poeta se debruça no parapeito de granito.
A rodelinha de confeti cai do chapéu dele,
Vai saracotear ainda no samba mole das ondas.

Então o poeta vai deitar.

Lentamente se acalma no país das lembranças
A invasão furiosa das sensações.
O poeta sente-se mais seu.
E puro pelo contato de si mesmo
Descansa o rosto sobre a mão que escreverá.

Lhe embala o sono
A barulhada matinal de Guanabara...
Sinos buzinas clácsons campainhas
Apitos de oficinas
Motores bondes pregões no ar,
Carroças da rua, transatlânticos no mar...
É a cantiga-de-berço.
E o poeta dorme.

O poeta dorme sem necessidade de sonhar.

***

Este livro foi composto em Bell MT e
impresso em papel pólen 80 g/m²
na São Francisco Gráfica, em março de 2025